EL BRAÇALET DE GRANATS

PETITS PLAERS

"L'art d'escriure consisteix
a dir molt amb poques paraules."

ANTON TXÈKHOV

PETITS PLAERS
de Viena

Aleksandr Kuprín

EL BRAÇALET DE GRANATS

Traducció del rus de Laia Perales Galán

VIENA
EDICIONS

Tercera reimpressió: novembre del 2021
Segona reimpressió: març del 2021
Primera edició: març del 2020
Títol original: *Гранатовый браслет*

Viena Edicions és un segell de Grup Enciclopèdia
c/ Còrsega, 307, entresol 2a
08008 Barcelona - tel. 93 453 55 00
viena@vienaedicions.com
www.vienaedicions.com
ISBN: 978-84-17998-37-0
Dipòsit legal: B 4735-2020
Disseny: Andy Noguerón
Fotocomposició: Alfa
Impressió i enquadernació: EGEDSA

L. van Beethoven

Sonata núm. 2 (op. 2, núm. 2)

Largo appassionato

I

A mitjan agost, abans que sortís la lluna nova, un temporal esgarrifós d'aquells que acostumen a escombrar la costa nord del mar Negre va arribar de forma sobtada. De vegades, una boira espessa s'estenia nit i dia per damunt la terra i el mar, de manera que la sirena del far rugia sense parar tal com un brau enfurismat; o bé un plugim, tan subtil com un núvol de pols fet d'aigua, queia ininterrompudament i convertia els camins d'argila i les senderes en un fangar on els carruatges s'encallaven durant molt de temps; o bé des del nord-oest, des del costat de l'estepa, bufava un huracà ferotge; era per culpa seva que les capçades dels arbres es balancejaven amunt i avall com fan les onades durant una tempesta i que les teulades de ferro de les datxes tremolaven com si algú hi corregués per sobre amb unes botes pesants. Tremien els marcs de les finestres, les portes picaven i les xemeneies udolaven salvatgement. Algunes de les barques dels pescadors van perdre's al mar i dues no van tornar: tan sols una setmana després van aparèixer els cadàvers, arrossegats per les onades, en diferents punts de la costa.

Els habitants que vivien als afores, en una urbanització a tocar de la platja —la majoria grecs i jueus amb el tarannà animat i supersticiós que caracteritza la gent del sud—, van traslladar-se ràpidament a la ciutat. Per tota la carretera enfangada podia veure's una successió sense fi de carros que transportaven tot tipus de coses de la llar: matalassos, sofàs, baguls, cadires, lavabos, samovars. Resultava dolorós i fins lamentable observar des del vel tèrbol de pluja les pertinences fetes malbé, brutes i deixades. Les minyones i les cuineres s'asseien damunt la lona mullada que cobria els carros, amb planxes, llaunes o cabassos a les mans. Els cavalls, exhausts i panteixants, frenaven a cada instant, els genolls els tremolaven, renillaven i sovint se sortien del camí. Els cotxers, que renegaven afònics, es protegien de la pluja amb una xarpellera que els envoltava el cos. Una imatge encara més trista de contemplar era aquella de les datxes desertes, aplegades de sobte en un espai vast, buit i nu; els testos de flors destrossats, els vidres trencats, els gossos abandonats i tot tipus de brossa: puntes de cigars, papers, atuells, caixes i flascons per a medicines.

A principis de setembre, però, el temps va canviar de forma brusca i inesperada. Van arribar els dies assolellats, càlids i tranquils que ni al mes de juliol s'havien vist. Als camps secs i atapeïts per la superfície groguenca i espinosa de les plantes de blat, brillant com la mica, s'anava teixint la teranyina de la tardor, i els arbres, un cop recobrada la quietud, deixaven caure en silenci les seves fulles grogues.

La princesa Vera Nikolàievna Xeina, dona del cap de la noblesa, no podia sortir de la seva datxa perquè encara no havien acabat de reformar la casa de la ciutat. Els dies agradables que passava llavors, la solitud i el silenci, l'aire pur, la refilada de les orenetes que es trobaven al cablatge elèctric per enlairar-se plegades, i la brisa suau del mar que arribava de forma quasi imperceptible, l'alegraven genuïnament.

II

Aquell dia, el 17 de setembre, era el seu sant. Li agradava pels records llunyans i tendres que en guardava de la infància i sempre esperava que li passés alguna cosa meravellosa. Al matí, el seu marit, abans de marxar cap a la ciutat per resoldre uns assumptes urgents, va deixar-li a la tauleta de nit un estoig que contenia unes arracades de perles precioses en forma de pera i això va alegrar-la encara més.

A casa no hi havia ningú més que ella. El seu germà solter Nikolai, assistent del fiscal, s'estava amb ells, però just aquell dia també havia hagut de marxar a la ciutat per assistir a un judici. El seu marit va prometre-li que per sopar convidaria només els coneguts més propers. Van tenir sort que l'aniversari coincidís amb el temps que havien decidit passar a la datxa; a la ciutat haurien hagut de gastar una dinerada en un sopar de gala, i qui sap si potser un ball també, mentre que aquí, a la datxa, podien prescindir fins i tot de les despeses més insignificants. El príncep Xein, malgrat la seva posició prominent dins la societat, o possiblement per culpa d'aquesta, amb prou feines podia arribar a finals de mes. El gran patrimoni familiar que hauria hagut d'heretar havia estat pràcticament arruïnat pels seus avantpassats, i alhora, la seva posició social el forçava a viure per sobre de les seves possibilitats: organitzar recepcions, participar en actes benèfics, vestir-se apropiadament, mantenir els cavalls, etc.

La princesa Vera, que havia sentit com l'amor inicial i apassionat pel seu marit s'havia transformat des de feia molt de temps en un sentiment d'amistat sincer, fidel i perdurable, s'esforçava tant com podia perquè el príncep no caigués en la ruïna total. Sense que ell se n'adonés, s'havia negat bona part de les coses que desitjava i, en la mesura del possible, havia estalviat per poder cobrir les despeses de la llar.

Va sortir a passejar pel jardí. Mentre tallava amb cura les flors que després posaria a la taula del menjador, va veure que els testos estaven quasi buits i que tenien una aparença deixada i desordenada. Els clavells amb els pètals sobreposats i de diversos colors feia temps que s'havien pansit; els violers grocs, dels quals una part ja havia florit i els altres havien estat tallats, de manera que només quedaven les beines fines i verdoses, feien olor de col blanca, i als rosers, malgrat que encara hi brotaven capolls, per tercer cop aquell estiu, les roses naixien majoritàriament esguerrades i amb una forma estranya. Ara bé, les dàlies, les peònies i els àsters, d'una bellesa freda i superba, a mesura que florien desprenien una olor de tardor, de gespa i de tristesa que s'escampava per l'aire delicat. La resta de flors, acabada l'estació en què s'abandonen a l'amor vanitós i la maternitat estiuenca, havien deixat caure en silenci innombrables llavors de vida futura.

A prop de la carretera li va semblar sentir un soroll familiar, el clàxon de tres tons d'un cotxe que anunciava l'arribada de l'Anna Nikolàievna Friesse, la germana de la princesa Vera. L'Anna li havia trucat aquell matí i s'havia compromès a ajudar-la a preparar la casa per rebre els convidats.

La distància i la feblesa del soroll no l'havien enganyada; la Vera va anar a trobar la seva germana. Al cap de pocs minuts, a l'entrada de la datxa es va parar de cop un automòbil elegant; el xofer va saltar del seient amb agilitat i en va obrir la porta.

Les germanes es van besar amb alegria. Des que eren molt petites havien estat unides per una amistat profunda i afectuosa. Curiosament, la seva aparença física era ben diferent. La Vera, la més gran, s'assemblava a la mare, una bellesa britànica de qui havia heretat el seu físic esvelt, un rostre delicat però fred i altiu, unes mans boniques, encara que força grosses, i unes espatlles caigudes però atractives, d'aquelles que només es poden veure en les figuretes antigues. L'Anna, per contra, havia heretat els trets mongols del pare, un príncep tàrtar, l'avi del qual no havia estat batejat fins a principis del segle XIX i que tenia un llinatge que es podia remuntar al mateix Tamerlà, o Timur Lenk,[1] el nom en tàrtar amb què el seu pare es referia orgullós a aquell gran assassí sanguinari. Feia mig cap menys que la seva germana, era una mica més ampla d'espatlles, tenia un caràcter frívol i animat, i una especial predisposició a buscar les pessi-

1. Conqueridor turcomongol que va imposar l'imperi dels timúrides al segle XIV. *(N. de la t.)*

golles a la gent. El seu rostre, d'aparença distintivament mongola —amb pòmuls força marcats, ulls allargats que entretancava encara més perquè era miop i una expressió altiva que se li formava al voltant de la boca, petita i sensual, especialment al llavi inferior, lleugerament més sortint que el superior—, transmetia, no obstant això, una bellesa imperceptible i encisadora que podia explicar-se potser pel seu somriure, potser per la profunda feminitat que revelaven els seus trets, o potser pels seus gestos agosarats i presumits. Fos com fos, aquella lletjor atractiva acostumava a provocar i cridar l'atenció dels homes molt més sovint i amb més força que no pas la bellesa aristocràtica de la seva germana.

Estava casada amb un home tan ric com ximple que no feia cap altra cosa a la vida que formar part d'una mena d'institució benèfica en què tenia el títol de Kamer-Iunker. L'Anna no podia suportar el seu marit, però hi havia tingut dues criatures, un nen i una nena; més no n'havia volgut ni en pensava tenir. Pel que feia a la Vera, desitjava amb impaciència tenir fills i pensava que com més en tingués, millor, però pel motiu que fos encara no n'havien concebut cap i es resignava a adorar amb fervor i el cor una mica adolorit els fills malaltissos i bufons de la seva germana petita, que es comportaven sempre amb educació i tenien les cares pàl·lides i els cabells rinxolats i fins com els de les nines.

L'ànima de l'Anna estava governada per una mescla de contradiccions entranyables, de vegades estranyes, i una despreocupació divertida. En totes les capitals i els balnearis europeus que visitava, sucumbia de bon grat als flirtejos més arriscats, i malgrat que mai no havia estat infidel al seu marit, se'n burlava amb menyspreu tant davant seu com a l'esquena. Era una dona malgastadora a qui agradaven terriblement els jocs d'atzar, la dansa, les emocions extremes, els espectacles pujats de to; a l'estranger, freqüentava locals controvertits, però, alhora, s'allunyava d'aquesta imatge amb un tarannà bondadós i un sentiment religiós profund i sincer que l'havia duta fins i tot a convertir-se secretament al catolicisme. L'esquena, els pits i les espatlles eren d'una bellesa excepcional. Quan assistia als grans balls, traspassava considerablement els límits establerts pel decòrum i l'etiqueta, però corria el rumor que sota el vestit duia un cilici.

La Vera, d'altra banda, era estrictament senzilla i tractava tothom amb fredor i una certa amabilitat condescendent. Actuava amb l'autonomia i la serenor pròpies d'una tsarina.

III

—Déu meu, però que bé que viviu aquí! Que bé! —va dir l'Anna mentre caminava amb passes ràpides i curtes per la vorera on era la seva germana—. Si no et fa res, seiem una estona al banquet que hi ha a prop del penya-segat; fa tant de temps que no veig el mar... I quin aire més meravellós, només de respirar-lo el cor et fa un salt. A Crimea, a Miskhor, l'estiu passat vaig fer un descobriment extraordinari. Saps quina olor fa l'aigua del mar en temps de marejada? Imagina-t'ho: de marduixí.

La Vera va somriure amb dolçor:

—Ets una somiatruites.

—Que no, de debò. Me'n recordo d'una vegada que tothom va riure's de mi quan vaig dir que la llum de la lluna tenia una mena de to rosat. Però fa un parell de dies, Boritski (el pintor que està fent el meu retrat) va dir-me que tenia raó i que els pintors feia temps que ho sabien.

—I aquest pintor és el teu nou passatemps?

—Sempre malpenses! —va dir l'Anna, rient.

Aleshores, va caminar precipitadament fins a l'extrem del penya-segat, allà on comença la vertical abrupta que va a parar a les profunditats del mar, va donar un cop d'ull a baix i de sobte, girant cua i empal·lidint, va xisclar horroritzada:

—Quina alçada! —va dir amb una veu fràgil i tremolosa—. Sempre que miro des d'un punt tan alt, m'agafa una mena de pessigolleig agredolç a l'estómac... i els dits dels peus em fan mal... però tot i així, m'hi sento tan atreta...

Va voler mirar altre cop per sobre del precipici, però la seva germana va aturar-la.

—Anna, estimada, per l'amor de Déu! M'agafa mal de cap quan fas això. Fes el favor de seure, t'ho demano.

—D'acord, d'acord, ja m'assec... però mira quanta bellesa, quanta felicitat, no te'n canses mai de mirar-ho. Si sabessis com agraeixo a Déu totes les meravelles que ha creat per a nosaltres!

Totes dues van restar pensatives durant un minut. Ben a sota seu hi havia el mar. Des del banc no es podia veure la costa i això intensificava encara més la sensació d'infinitat i grandesa que transmetia.

L'aigua estava calmada i era d'un blau viu, aclarit només en les línies obliqües i fluides que es creaven a les zones de corrent, i convertit en un blau fosc i dens quan s'apropava a l'horitzó.

Uns bots de pesca, gairebé imperceptibles —de tan petits com es veien—, feien capcinades sense avançar en la superfície del mar, no gaire lluny de la vora. I a més distància, com subjecte a l'aire i sense avançar, un vaixell de tres pals, cobert per veles blanques, uniformes i bombades pel vent.

—Entenc el que dius —va dir la germana gran en un to reflexiu—, però jo no ho sento de la mateixa manera que tu. Quan veig el mar per primer cop després de molt temps m'emociona, i m'alegra, i em fascina; tinc la sensació que veig per primer cop un miracle grandiós. Però després, quan ja m'hi he acostumat, la seva vacuïtat comença a aixafar-me i contemplar-lo em provoca enyorança. Miro de no fer-ho més, m'avorreix.

L'Anna va somriure.

—Què passa? —va preguntar-li la seva germana.

—L'estiu passat —va dir l'Anna amb picardia— vam anar a cavall, en una gran cavalcada, de Ialta a

Utx-Kosh, que es troba passat l'àrea forestal, damunt les cascades. Primer vam topar amb una nuvolada que va carregar l'ambient d'humitat i que va fer que veure's-hi fos força difícil, però vam anar pujant amunt i amunt fins arribar a un camí empinat que es trobava enmig d'una pineda i, de sobte, ens vam adonar que havíem deixat el bosc i la bromada enrere. Imagina-t'ho: un altiplà estret a sobre d'un penya-segat i, sota els nostres peus, un precipici. Els pobles que hi havia a baix eren tan petits que semblaven una capsa de llumins, i els boscos i jardins, gespa fina. Tot aquell paratge que davallava fins al mar era ben bé com tenir un mapa a les mans. I encara més avall, el mar! A unes cinquanta, cent verstes. Em semblava estar suspesa a l'aire, a punt de volar. Hi havia tanta bellesa, i em sentia tan lleugera! Vaig girar-me i, corpresa, vaig dir-li al guia: «Què li sembla, Seid-ogli, no és bonic?». I ell em va respondre, esbufegant: «Què vol que li'n digui, bàrina,[2] jo ja n'estic tip de tot'xò. Ho veig cada dia».

---

2. Denominació per a persones de l'aristocràcia o alts funcionaris de la Rússia tsarista. *(N. de la t.)*

—Gràcies per la comparació —va dir la Vera, rient—. Tan sols penso que nosaltres, la gent del nord, mai no podrem comprendre la bellesa del mar. A mi m'agrada el bosc. Te'n recordes, del bosc que teníem a Egorovski? Com te'n podies cansar? Els pins! I aquella molsa! I els reigs de fageda, com si estiguessin fets de setí vermell i perles blanques brodades! Hi havia una pau... una frescor!

—A mi tant m'és, m'ho estimo tot —va respondre l'Anna—, i més que cap altra cosa, m'estimo la meva germaneta, la meva assenyada Vérenka. Al cap i a la fi només ens tenim l'una a l'altra.

Va abraçar la seva germana gran, estrenyent-la ben fort cap a ella i de sobte va caure-hi.

—Ai no, però que beneita! Som aquí totes dues, com sortides d'una novel·la, assegudes, xerrant de la natura, i m'he oblidat completament del meu regal. Té. Em fa una mica de por que no t'agradi!

De la petita bossa de mà que duia va treure una llibreta petita amb una tapa extraordinària: unes cintes daurades de filigrana es recargolaven en un fons de vellut blau vell, agrisat i desgastat pel temps. Aquella petita obra, sofisticada i d'una bellesa estranya, era, sense cap mena de dubte, l'estimada creació de les mans talentoses i pacients d'un artista. A la llibreta s'hi adheria una cadeneta d'or lleugera com un fil i els fulls del mig havien estat substituïts per fulls de marfil.

—Quina cosa més bonica! És preciosa! —va dir la Vera i va besar la seva germana—. T'ho agraeixo. On has trobat un tresor així?

—En un antiquari. Ja saps la debilitat que tinc per remenar andròmines velles. Així és com vaig ensopegar amb aquest llibre de missa. Mira, veus com aquí les cintes fan la forma d'una creu? És cert que només vaig trobar la tapa, i que la resta (els fulls, els fermalls i el llapis) vaig haver-la d'afegir jo. Vaig explicar-li de totes les formes possibles a en Molina la idea que tenia, però no va voler entendre'm. Els fermalls havien de ser del mateix estil que els ornaments: opacs, d'or vell i amb un gravat curós... i Déu sap què ha fet amb ells. Però la cadeneta és genuïnament veneciana, molt antiga.

La Vera va passar la mà per la tapa amb afecte.

—Quina antiguitat, quina profunditat! Quants anys deu tenir aquest llibret? —va preguntar ella.

—No t'ho podria dir amb seguretat. De finals del segle XVII, mitjans del XVIII aproximadament...

—Que estrany —va dir la Vera amb un somriure pensatiu—. Tinc un objecte que podria haver passat per les mans de Madame de Pompadour o de la mateixa Maria Antonieta... però, saps?, Anna, ets l'única a qui li podia haver passar pel cap la idea boja de convertir un llibre de missa en un quadernet. En fi, anem a veure què s'ha de fer.

Van entrar a casa a través de la gran terrassa de pedra envoltada per totes bandes d'una parra de raïm Isabella. Els carrassos negres i abundants, que penjaven entre els pàmpols, enfosquits i daurats en alguns punts pel sol, desprenien una olor subtil de maduixes. Es filtrava arreu de la terrassa una claror verdosa que empal·lidia els rostres de les dues germanes.

—És aquí on diràs que se serveixi el sopar? —va preguntar-li l'Anna.

—Bé, al principi volia que fos així... però ara els vespres són més freds i és millor sopar al menjador. Els homes poden sortir a fumar aquí.

—Vindrà algú interessant?

—Encara no ho sé. Tan sols sé que vindrà l'avi.

—Oh, el nostre avi estimat, quina alegria! —va exclamar l'Anna i va aplaudir—. Fa anys i panys que no el veig.

—Hi seran la germana d'en Vàssia i el professor Spéshnikov, em sembla. Ànnenka, ahir gairebé vaig perdre el seny. Ja saps com els agrada menjar, a l'avi i al professor, però ni amb diners es pot aconseguir res aquí o a la ciutat. En Luka va trobar unes guatlles en algun lloc (va encarregar-les a un caçador que coneixia) i ara està pensant la manera de cuinar-les. El rosbif ha quedat relativament bo... ai, l'imprescindible rosbif! I també hem preparat uns crancs boníssims.

—Bé, bé... no tot està perdut, doncs! No t'amoïnis. A més, i que quedi entre nosaltres, tu mateixa tens una debilitat pel bon menjar.

—Sí que hi haurà un plat especial, però. Avui al matí un pescador ha dut un tríglid, l'he vist amb els meus propis ulls. És com una mena de monstre, de debò. Fa por fins i tot.

L'Anna, curiosa fins a límits avariciosos cap a tot allò que era i no era de la seva incumbència, va demanar que immediatament el tríglid fos dut davant seu.

En Luka, un cuiner alt, afaitat i amb la pell engroguida, va arribar amb una tina blanca, gran i oblonga, sostinguda amb dificultat per les nanses, amb cura que l'aigua no acabés vessant sobre el parquet.

—Dotze lliures i mitja, senyoria —va dir ell amb un cert orgull de cuiner—. L'hem pesat fa poc.

El peix era massa gros per a la tina i l'havien encabit amb la cua doblegada. Les escates eren daurades i les aletes d'un vermell llampant. De la boca immensa i rapaç sortien cap als costats dues aletes llargues i amb plecs, com si fossin ventalls, d'un blau delicat. El tríglid encara era viu i feia treballar amb força els opercles.

La germana petita, prudentment, va tocar el cap del peix amb el dit petit però, de sobte, el tríglid va esquitxar-la amb la cua i l'Anna, tot cridant, va enretirar la mà.

—No us preocupeu, senyoria, es disposarà tot de la millor manera —va dir el cuiner, havent entès clarament la preocupació de l'Anna—. Un búlgar acaba de dur dos melons pinya. La forma que tenen fa pensar en melons cantaloup, però fan una olor més bona. I encara voldria preguntar-vos una altra cosa, senyoria, quina salsa voldreu per guarnir el tríglid: tàrtara o polonesa, o preferiu només bescuits de mantega d'acompanyament?

—Faci el que cregui. I ara, vagi-se'n! —va ordenar la princesa.

IV

Passades les cinc els convidats van començar a arribar; el príncep Vassili Lvóvitx, que havia anat a recollir la seva germana viuda, Liudmila Lvovna —Duràsova de nom de casada—, una dona robusta, bondadosa i inusualment introvertida; en Vassiútxka, un jove ric, gandul i amic de fer tabola que tothom coneixia amb aquell sobrenom i amb qui era fàcil avenir-se per la seva capacitat de cantar, recitar versos i improvisar quadres vius, espectacles i mercats ambulants benèfics; la Gennie Reiter, una pianista cèlebre amb qui la Vera havia fet amistat quan anaven juntes a l'Institut Smolni, i el germà de la princesa, en Nikolai Nikolàievitx. Darrere seu van arribar en automòbil el marit de l'Anna amb el professor Spéshnikov, un home afaitat i terriblement gras, i el tinent governador Von Zekk. L'últim a arribar va ser el general Anósov, que venia en un bon landó de lloguer i acompanyat per dos oficials: el tinent coronel de l'estat major Ponamariov, un home que havia envellit abans d'hora, escanyolit, irascible i desgastat per les incomptables hores de feina burocràtica, i el tinent de la guàrdia dels hússars Bakhtinski, que era famós a Sant Petersburg per ser el millor ballarí i un organitzador de balls incomparable.

El general Anósov, un home gran, alt, obès i de cabells blancs, va baixar del landó recolzant els peus al pujador, una mà a les regnes del cavall i l'altra al darrere de l'equipatge. A la mà esquerra duia un otòfon, i a la dreta un bastó amb l'empunyadura de cautxú. Tenia una cara ampla, tosca i envermellida, un nas carnós i una expressió bondadosa, digna i relativament condescendent, que li apareixia quan entretancava els ulls, brillants i bossuts, i que és inherent de tots aquells homes valents i senzills que han hagut d'encarar el perill i la mort més d'un cop. Ambdues germanes, que l'havien reconegut de lluny, van córrer cap al landó just a temps per agafar-lo cadascuna d'un braç i ajudar-lo, mig de broma i mig seriosament, a baixar.

—És clar... com si rebéssiu el bisbe! —va dir el general amb una veu de baix ronca i afectuosa.

—Avi, estimat meu! —va dir la Vera en un lleuger to de retret—. Esperem la seva visita cada dia i amb prou feines es deixa veure.

— L'avi ha perdut la vergonya aquí, al sud —va dir l'Anna, rient—. Ja podria haver pensat en la seva fillola. Amb aquests aires de seductor i pocavergonya s'ha oblidat de la nostra existència...

El general, després de descobrir el seu cap majestuós, va besar les mans de les dues germanes alternadament, després va besar-les a la galta i encara va tornar a besar-los les mans.

—Noies... espereu... no em maleïu... —va dir, tot agafant aire; cada paraula anava seguida d'una pausa provocada per una dispnea que sofria des de feia temps—. Dono fe... aquests doctors de pa sucat amb oli... m'han estat curant el reumatisme tot l'estiu... banyant-me amb una mena de kíssel[3]... fastigós... que feia una olor horrible... i no em deixaven sortir... Vosaltres sou les primeres... que he visitat... Soc tan feliç... de veure-us... Com us va tot?... Vérotxka, tu...

---

3. Beguda popular als països eslaus, també servida per postres, a la qual s'atribueixen propietats medicinals. *(N. de la t.)*

estàs feta tota una dama... tal com era... la teva mare... que en pau descansi... Daixò, quan podré assistir al bateig?

—Ai, avi... em sembla que mai.

—No perdis l'esperança... tot arribarà... resa a Déu perquè sigui així... I tu, Anna, no has canviat gens... tindràs seixanta anys... i seguiràs anant de dansaire. Espereu-vos un moment. Permeteu-me que us presenti aquests cavallers.

—Jo ja vaig tenir l'honor de conèixer-les fa molt de temps —va dir el tinent coronel Ponamariov, tot saludant-les.

—I jo i la princesa vam ser presentats a Sant Petersburg —va afegir l'hússar.

—Bé, doncs, Ànnia, et presento el tinent Bakhtinski. Ballarí i amic dels embolics, però un bon cavaller. Bakhtinski, estimat, atansa'm allò que hi ha al carruatge... Som-hi, noies... Què, Vérotxka, amb què delitaràs els nostres paladars? Després del règim a què m'han sotmès... tinc la gana d'un alferes... tot just graduat.

El general Anósov i el príncep Mirza Bulat-Tuganovski havien estat companys de guerra i amics fidels. Després que el príncep morís, el general va passar tota la tendresa d'aquella amistat i l'amor viscut a les seves filles. Les coneixia des que eren ben petites i de l'Anna, la petita, n'era el padrí fins i tot. En aquell temps era —i encara ho seguia sent— governador d'una fortalesa àmplia però rònega a la ciutat de K, i visitava diàriament la casa dels Tuganovski. Les criatures l'adoraven per com les consentia, els regals que els feia, les llotges que els oferia a les funcions de circ o teatre, i pel fet que ningú altre no els ho feia passar tan bé a l'hora de jugar. Però més que cap altra cosa, allò que de debò les fascinava i que els havia quedat gravat a la memòria per sempre més eren les històries que el general els contava de les campanyes militars, de les batalles i bivacs, de victòries i retirades, de morts, ferides i gelors despietades. Històries senzilles, explicades amb un to calmat i èpic des que es començava a beure el te fins a aquella hora tediosa del vespre en què es cridava les nenes per anar a dormir.

Tal com s'entenia llavors, la figura exorbitant i inusualment pintoresca del general era com una mena de fragment desprès del passat. En ell es combinaven d'una forma particular les característiques, simples, però entranyables i dignes de record, d'un home corrent —que en el seu temps eren més fàcils de trobar en un soldat ras que en un oficial—, característiques purament russes, de mugic, que aplegades formaven el tarannà elevat que distingeix els nostres soldats, i que de vegades els fa semblar no només invencibles, sinó màrtirs, sants gairebé. L'Anósov era un home de naturalesa bondadosa, amb una fe ingènua i una forma de veure la vida alegre, un coratge ferm i efectiu, una actitud humil davant la mort i compassiva davant els vençuts, una paciència infinita i una fortalesa física i moral extraordinària.

Des de la guerra amb Polònia, havia participat en totes les campanyes, a excepció de la japonesa, en la qual també hauria participat sense pensar-s'ho dos cops, per bé que no el van cridar a files, i a més, ell sempre s'aplicava la màxima següent: «Mai no facis camí cap a la mort fins que no et cridin». Al llarg dels anys de servei no només no va flagel·lar cap dels seus soldats, sinó que ni tan sols va pegar-los. Durant la revolta polonesa, hi va haver un cop que va refusar disparar a uns presoners malgrat haver rebut ordres directes del coronel del regiment. «Si es tractés d'un espia, no només el faria executar —va dir ell—, sinó que, si m'ho demanés, el mataria amb les meves mans. Però si es tracta de presoners, no ho puc fer.» I ho va dir amb una senzillesa i un respecte, sense ni un bri de desafiament o afectació en les formes i mirant directament el seu superior amb uns ulls tan transparents i decidits, que en comptes de ser afusellat ell mateix, el van deixar en pau.

A la guerra dels anys 1877-1879, va ascendir ràpidament al rang de coronel, malgrat haver estat poc instruït o, com a ell mateix li agradava dir: «Malgrat haver-me graduat només de l'acadèmia dels óssos». Havia participat en la travessa del Danubi i dels Balcans, i en l'expedició al cim del Shipka, i havia estat dels últims a lluitar al setge de Plevna. Dels cinc cops que van ferir-lo, un va estar a punt de morir i, en una altra ocasió, un resquill de granada va provocar-li un bon trau al cap. Radetski i Skóbeliev el coneixien íntimament i el respectaven de manera excepcional. Va ser sobre ell que l'Skóbeliev va dir alguna cosa com: «Conec un oficial que és molt més valent que no pas jo: el coronel Anósov».

De la guerra va tornar pràcticament sord per culpa d'aquell resquill de granada, coix d'una cama com a conseqüència del fet que li n'havien amputat tres dits per congelació quan travessava els Balcans i amb un reumatisme agut que havia contret al Shipka. Van voler que es retirés al cap de dos anys de servei en temps de pau, però l'Anósov es va entestar a continuar; que se sortís amb la seva va ser gràcies a l'ajuda del governador de la regió —que tenia una gran influència—, i al fet que havia viscut de primera mà aquell coratge implacable que el caracteritzava quan havien travessat el Danubi. Des de Sant Petersburg es va decidir no ferir els sentiments d'aquell coronel emèrit i se li va atorgar l'ocupació permanent de governador de la ciutat de K —una ocupació, d'altra banda, més honorària que no pas necessària per a la defensa del país.

A la ciutat, tothom que el coneixia, des dels més petits fins als més grans, es reia amb bona fe de les seves febleses, els seus costums i la manera com vestia. Sempre que sortia a passejar, sortia sense l'arma i s'enfundava en una levita de l'any de la picor; duia també un barret amb les ales llargues i una visera gegantina i rectilínia, el bastó a la mà dreta i l'otòfon a l'esquerra. Anava acompanyat sempre de dos carlins obesos, ganduls, amb ranera i la punta de la llengua a fora. Si coincidia amb un conegut quan sortia a passejar de matí, els vianants que es trobaven uns quants carrers avall podien sentir com cridava i com, tot seguit, els gossos bordaven a l'unison.

Com tantes altres persones sordes, l'Anósov era un amant incondicional de l'òpera i, de vegades, enmig d'un duet apoteòsic, podia sentir-se la seva enèrgica veu de baix ressonar pel teatre: «Me cago en dena, quin do més ben afinat! Quina delícia!». Un riure discret s'estenia per tota la sala, però el general ni se n'adonava: la seva ingenuïtat només li permetia pensar que havia xiuxiuejat al veí del costat la seva darrera impressió de l'obra.

Entre els deures que tenia el coronel, hi havia el de visitar —acompanyat, és clar, pels seus carlins amb ranera— la caserna on s'allotjaven els oficials presos que descansaven de les penes del servei militar, i amb qui s'explicaven històries mentre bevien te i jugaven a cartes. A cadascun d'ells li preguntava atentament com es deia, qui l'havia empresonat, per quant de temps i per què. De tant en tant, i sense venir a tomb, lloava el coratge d'un oficial malgrat que la feta fos il·legal, i altres vegades el renyava i cridava tan fort que se'l podia sentir des del carrer. Ara bé, després d'haver cridat fins a la sacietat i sense parar per agafar aire, li preguntava d'on havia tret el dinar que duia a les mans i quant li havia costat. També va donar-se la situació d'un tinent, que havia anat pel mal camí i havia estat condemnat a molts anys de presó en algun racó perdut del país en què no hi havia caserna, que, un cop traslladat i per falta de diners, havia hagut de menjar amb els soldats. Després que l'Anósov se n'assabentés, va ordenar immediatament que li duguessin al tinent el dinar de casa seva, que era a poc menys de dues-centes passes de la caserna.

Va ser a la ciutat de K que va conèixer i fer amistat amb la família Tuganovski. Aquells lligams estrets van estendre's inevitablement a les filles i visitar-les cada vespre va convertir-se en una necessitat vital. Si passava que les senyoretes de la casa eren fora o ell mateix havia de quedar-se fins tard complint els seus deures com a governador, les enyorava profundament i no hi havia cap racó d'aquella casa gran on vivia en què pogués consolar-se. Cada estiu, passava mig mes de les seves vacances a Egorovski, la propietat que tenien els Tuganovski a cinquanta verstes de K.

Tota aquella tendresa reprimida i la necessitat de ser estimat intensament sortien quan estava amb la mainada, especialment amb la Vera i l'Anna. S'havia casat un cop, però feia tant temps d'això, que ja ni se'n recordava. Abans que esclatés la guerra, la seva dona l'havia deixat per un actor ambulant, la jaqueta de vellut i els punys d'encaix del qual l'havien deixat fascinada. El coronel va pagar-li una pensió fins que va morir, però ni amb les escenes de penediment que va muntar, ni amb les cartes emotives que va enviar-li, va permetre-li tornar a casa amb ell. No havien tingut fills.

V

A diferència del que s'esperava, l'aire d'aquell vespre era tan serè i càlid que les espelmes de la terrassa i el saló semblaven no fondre's. A dins, mentre menjaven, el príncep Vassili Lvóvitx entretenia tothom. Tenia un do únic i especial per explicar històries. Agafava la base d'un episodi viscut per algun dels convidats o per una amistat comuna i l'exagerava de tal manera, l'explicava amb un posat tan seriós i un to tan contundent, que tothom qui l'escoltava es recargolava de riure. Aquell vespre explicava el matrimoni frustrat d'en Nikolai Nikolàievitx amb una dama benestant i preciosa; l'únic detall verídic d'aquella història era que el marit no li havia volgut concedir el divorci. El príncep, però, l'havia barrejat meravellosament amb tot d'elements fantàstics. Va inventar-se que en Nikolai, un home de tarannà assenyat i una mica encarcarat, va veure's forçat a córrer de nit, carrer avall, amb els mitjons posats i les sabates sota el braç, que un policia l'havia detingut en una de les cantonades del carrer i que només després d'haver-li explicat extensament i amb dificultats el que havia passat, l'havia pogut convèncer que era assistent del fiscal i no un lladre nocturn. El casament, tal com explicava el narrador, quasi va arribar a celebrar-se, però en el moment més crític, un grup de perjuradors desesperats i involucrats en el cas, van decidir fer vaga i demanar que se'ls pagués més. En Nikolai, per avarícia —era un home garrepa, certament— i per oposició moral a les vagues i aturades, es va negar a pagar-los més i va referir-se a un article específic de la llei que el tribunal de cassació havia aprovat. Els perjuradors emprenyats, quan van haver de respondre la famosa pregunta de: «Qui tingui cap impediment perquè aquest casament se celebri que parli ara o calli per sempre», van dir alhora: «Sí, nosaltres en tenim un. Tot el que hem testificat sota jurament és una mentida a la qual el fiscal ens ha forçat per mitjà d'amenaces i violència. Pel que fa al marit d'aquesta dama, nosaltres, com a persones enteses, podem afirmar que és l'home més respectable que ha existit mai, virtuós com Jesús i bondadós com un àngel».

Seguint el fil d'històries de casaments, el príncep Vassili no se'n va poder estar d'explicar com en Gustav Ivànovitx Friesse, el marit de l'Anna, va anar a la policia l'endemà de casar-se perquè desnonessin la núvia del domicili familiar, li fessin un passaport propi i la instal·lessin a casa del seu marit legítim. L'única cosa certa d'aquella anècdota era que l'Anna va haver de passar els seus primers dies de casada cuidant la seva mare malalta, perquè la Vera havia hagut de marxar, i que el pobre Gustav Ivànovitx vivia desesperançat i afligit.

Tots van riure. L'Anna va somriure amb els ulls entreoberts; en Gustav va esclafir una rialla amb entusiasme i per un moment, amb el rostre magre, la pell resplendent, els cabells rossos pentinats cap a un costat i els ulls enfonsats, va semblar una calavera que, mentre engegava a riure, deixava veure la seva dentadura esgarrifosa. Ell encara adorava l'Anna com el primer dia de casats; mirava d'asseure's a prop seu sempre, la tocava discretament i la cuidava amb tant afecte i complaença que sovint era fàcil sentir pena i avergonyir-se d'ell.

Abans d'aixecar-se de taula, la Vera va comptar

automàticament els convidats: tretze. Com que era supersticiosa, va pensar: «Això no pot ser bo! Com no m'ha passat pel cap comptar-los abans? És culpa d'en Vàssia, no m'ha dit res quan hem parlat per telèfon».

Quan els amics es reunien a casa dels Xein o els Friesse, era costum passar la tarda jugant a pòquer; les germanes eren unes fanàtiques dels jocs d'atzar. Ambdues cases havien dictat les seves pròpies normes: a tots els jugadors se'ls repartia el mateix número de fitxes de vori d'un valor determinat i el joc durava fins que totes les fitxes anaven a parar a les mans d'un sol jugador; era així com es tallava el joc, independentment de com s'insistís a continuar. Agafar fitxes per segon cop estava estrictament prohibit. La severitat d'aquestes normes derivava de la pràctica i, sobretot, de la incapacitat de contenció de la princesa Vera i l'Anna Nikolàievna. Així, la mitjana de diners perduts al pòquer rarament superava els cent, dos-cents rubles.

Aquell vespre van asseure's per jugar, també. La Vera, que va decidir no sumar-s'hi; volia sortir a la terrassa on estaven a punt de servir-se el te, però, de sobte, la minyona va cridar-la des del rebedor amb un cert aire misteriós.

—Què passa, Daixa? —va dir la princesa Vera, lleugerament molesta, mentre es dirigia al petit estudi que tenia a prop del dormitori—. Per què em mira amb aquesta cara de beneita? I es pot saber què du a les mans?

La Daixa va deixar sobre la taula un objecte quadrat i petit, embolicat curosament amb paper blanc i lligat amb un llaç rosa.

—Li juro per Déu, senyoria, que jo no hi tinc res a veure —va tartamudejar la minyona, ofesa i amb les galtes vermelles—. Ha vingut i m'ha dit...

—Qui és que li ha donat això?

—Duia un barret vermell, senyoria... un missatger.

—I què més?

—Ha entrat a la cuina i bé, ha deixat això sobre la taula! M'ha dit: «Doni-ho a la seva bàrina i asseguri's que només ho obre ella». Li he preguntat qui ho enviava i m'ha dit que estava tot indicat aquí. I amb aquestes paraules ha tocat el dos.

—Vagi a buscar-lo, doncs.

—No l'atraparia mai, senyoria. Ha vingut quan éreu a mig sopar i no m'he atrevit a molestar-vos, senyoria. Fa ben bé mitja hora que ha marxat.

—D'acord, ja se'n pot anar.

La Vera va tallar el llaç amb unes tisores i va tirar-lo a la paperera, juntament amb el paper en què hi havia escrita la seva adreça. Sota l'embolcall va trobar un estoig petit per a joies de pelfa vermella; semblava sortit de la botiga. Va obrir la tapa, que estava folrada de seda blau cel, i en un fons de vellut negre va veure-hi un braçalet ovalat d'or i, al mig, una nota doblegada gentilment en un octàgon exacte. Va desplegar-lo ràpidament; la cal·ligrafia li resultava familiar, però, com qualsevol dona hauria fet, va deixar la nota de banda i es va fixar en el braçalet.

El braçalet era d'or de baixa qualitat, gruixut però balmat, i amb granats petits, vells i mal polits, incrustats al llarg de tota la cara exterior; al mig, però, hi havia cinc caboixons de granat preciosos, cadascun de la mida d'un pèsol, que envoltaven una mena de pedra verda, petita i estranya. Quan la Vera, sense voler, va posar el braçalet sota la llum de la llàntia, un reflex d'un roig viu i aclaparador, sortit de l'interior d'aquelles pedres ovalades, va enlluernar-la.

«Sembla ben bé sang!», va pensar la princesa amb una angoixa sobtada.

Al cap d'uns instants va recordar la nota i va obrir-la. El que podia llegir-s'hi, en una lletra menuda i elegant, era el següent:

Senyoria,
Estimadíssima princesa,
Vera Nikolàievna!
Aprofito l'avinentesa d'un dia esplèndid i joiós com el d'avui, el dia del seu sant, per felicitar-la sincerament i lliurar-li el meu humil i fidel oferiment.

«Oh! És clar, ja sé qui és...», va pensar la Vera; no obstant això, va continuar llegint...

Mai no em permetria triar jo mateix què oferir-li perquè no tinc ni el dret, ni el gust, ni, si li soc del tot franc, els diners suficients. A més a més, penso que no hi ha cap joia al món que pugui adornar-la justament.

Aquest braçalet, tanmateix, pertanyia a la meva besàvia i l'última a dur-lo va ser la meva mare, que en pau descansi. Al mig, rodejada de pedres precioses d'una mida considerable, en pot veure una de verda: és una espècie de granat únic, el granat verd. Tal com diu la llegenda, contada un i altre cop a la meva família, aquest granat dota de clarividència les dones que el duen, les allunya de pensaments obscurs i, els homes, els protegeix d'una mort violenta.

Les pedres, que abans eren en un braçalet de plata vell, han estat incrustades de nou i amb molta cura en aquest que vostè té ara i, en pot estar segura, ningú no l'ha dut abans.

Pot llençar aquesta joguina ridícula o regalar-la a qui li plagui; jo seré feliç de pensar que les seves mans l'han tocada.

Li suplico que no es disgusti. El record de l'audàcia amb què vaig escriure-li fa set anys, quan encara era una senyoreta, aquelles cartes ingènues i imprudents, i com esperava fins i tot que les respongués, m'avergonyeix profundament. L'únic que resta ara és la veneració, eterna adoració i servil devo-

ció que sento per vostè; el desig genuí que sigui feliç eternament i alegrar-me'n si és així. Sàpiga que m'inclino mentalment cap al terra on descansa el moble en què s'asseu, el parquet pel qual camina, els arbres que ressegueix amb els dits quan passeja, els serfs amb qui parla. He deixat d'envejar la gent, els objectes.

Li demano disculpes altre cop per haver-li escrit una carta extensa i innecessària.

El seu humil servidor fins la mort i més enllà,

G.S.J.

«Li ensenyo això a en Vàssia o no? I si decideixo fer-ho, quan? Ara o després que marxin els convidats? No, millor després; ara faria el ridícul, com aquest pobre home», pensava la princesa Vera sense deixar de mirar el reflex vermell com la sang que sortia de l'interior dels cinc granats.

VI

Va costar Déu i ajuda aconseguir que el tinent coronel Ponamarióv s'animés a jugar a pòquer; deia que no en sabia, que no li agradava apostar ni de broma i que l'únic joc que li agradava i amb el qual reconeixia tenir una certa traça era el vint.[4] No obstant això, els convidats van insistir-hi tant, que va acabar cedint. Al principi, el van haver d'ensenyar a jugar i el corregien sovint, però aviat va dominar les normes del pòquer i no va passar ni mitja hora que va trobar-se totes les fitxes davant seu.

—No s'hi val! —va dir l'Anna, amb falsa afectació—. Ja ens podries haver donat una mica més de temps per patir i gaudir-ne.

Tres dels convidats —l'Spéshnikov, el coronel i el tinent governador, un alemany força respectable, però ben ruc i avorrit— eren tan difícils d'entretenir

4. Joc de cartes rus ideat a mitjan segle XIX. *Vint* significa *clau* en rus. *(N. de la t.)*

que la Vera no sabia com distreure'ls. Va disposar un racó perquè poguessin jugar al vint i va convidar-hi en Gustav Ivànovitx per completar la partida. L'Anna va aclucar els ulls en senyal d'agraïment i la Vera va entendre-la immediatament. Tothom sabia que, si en Gustav no es dedicava a jugar a cartes, es dedicaria a seguir la seva dona tota la tarda, com si fos la seva ombra, somrient amb aquella dentadura esgarrifosa, el rostre cadavèric, i amargant-la.

Les hores d'aquell vespre es van succeir subtilment, sense presses però amb una certa vivacitat. En Vassiútxok, acompanyat per la Gennie Reiter, cantava en veu baixa *canzonette* populars italianes i les peces orientals de Rubinstein. Tenia poca veu però un timbre agradable, fàcil de controlar i pur. La Gennie Reiter, una pianista molt exigent, l'acompanya sempre amb molt de gust. Hi havia qui deia fins i tot que ell la festejava.

En un racó del saló, asseguda al sofà, l'Anna flirtejava desesperadament amb l'hússar. La Vera va apropar-se i va començar a escoltar-los, somrient.

—No, no, faci el favor de no riure-se'n —deia l'Anna amb alegria mentre afitorava l'oficial amb els ulls dolços, provocatius i tàrtars que la distingien—. Vostè, és clar, considera una gesta deixar la pell al capdavant d'un esquadró o saltar totes les tanques a galop en una cursa. Però fixi's en la nostra gesta. Vam celebrar una loteria fa poc. Creu que va ser cosa fàcil? I ara! El lloc era ple de gom a gom, el fum de tabac s'estenia pertot arreu, hi havia escombraires, porters i ves a saber qui més... i tots venien a queixar-se d'alguna cosa, a parlar d'injustícies... i tot el dia dretes, tot! I això no és tot, encara hem de fer un concert per ajudar les dones treballadores analfabetes, i el banquet...

—En quin d'aquests actes, si és que puc esperar tal cosa, ballarà amb mi una masurca? —va afegir en Bakhtinski, inclinant-se lleugerament i picant el terra amb els esperons.

—Li agraeixo la proposició... però el lloc que més ens amoïna és l'orfenat. No sé si m'entén, l'orfenat per a infants esgarriats.

—Oh, l'entenc perfectament. Amb això sí que s'ho deu passar bé, no?

—Pari! Li hauria de fer vergonya de riure's de coses així. Però entén per què ens amoïna, oi? Volem emparar aquestes pobres criatures, corrompudes per vicis heretats i exemples de conducta pèssims, i protegir-les, cuidar-les...

—Mmm...

—... transmetre'ls bons valors, despertar dins seu el sentit del deure... oi que m'entén? El cas és que cada dia ens arriben milers de criatures i ni una de sola és conflictiva! Si pregunta als pares si el seu fill va pel mal camí o no, imagini's-ho, encara s'ofenen! Mentrestant, tenim un orfenat obert, santificat, a punt per acollir, i ni un sol orfe, ni un! Estem pensant d'oferir una remuneració per cada infant esgarriat que ens arribi.

—Anna Nikolàievna —va interrompre l'hússar amb un to seriós i insinuant—, quin sentit té oferir una remuneració? A mi em podeu acollir de franc i parlo amb honestedat quan li dic que no trobareu una criatura més esgarriada que jo.

—Prou! Amb vostè no es pot parlar seriosament!

L'Anna va engegar a riure i es va reclinar al respatller del sofà; li brillaven els ulls.

El príncep Vassili Lvóvitx, assegut en una gran taula rodona, va ensenyar a la seva germana, al coronel Anósov i al seu cunyat un àlbum familiar de retrats que havia dibuixat ell mateix. Tots quatre van esclatar a riure i la resta de convidats, els que no jugaven a cartes, s'hi van anar acostant de mica en mica per veure què passava.

L'àlbum era un recull d'il·lustracions pensades com a suplement dels relats satírics del príncep. Amb una tranquil·litat impertorbable, mostrava als convidats, per exemple, «Les aventures amoroses del coronel Anósov a Turquia, Bulgària i altres països»; «Les peripècies d'un dandi excepcional: el príncep Nikolai Bulat-Tuganovski a Montecarlo», etc.

—Ara veureu, senyors i senyores, una breu biografia de la nostra estimada germana Liudmila Lvovna —va dir ell en to divertit i mirant de reüll la seva germana—. Primera part: la infantesa. «El nadó creixia; l'anomenaven Lima.»

En una de les pàgines de l'àlbum hi havia dibuixada, de forma intencionadament infantil, la figura d'una nena petita amb la cara de perfil —però amb dos ulls—, dues línies tortes que sortien de la faldilla —en comptes de dues cames—, i els dits de les mans ridículament separats els uns dels altres.

—A mi ningú no m'ha dit Lima mai —va dir la Liudmila, rient.

—Segona part: el primer amor. Un cadet cavallerós s'agenolla davant la senyoreta Lima i li ofereix un poema escrit per ell mateix. Els versos són d'una bellesa incomparable:

De la vostra cama formosa què puc dir.
Sembla que, del cel, n'hagueu arrencat un bocí!

—Aquí podeu veure un retrat fidedigne de la cama. I aquí el moment en què el cadet convenç la innocent Lima perquè fugin de casa els seus pares. Aquí la fuga. I mireu, aquí, el punt crític: el pare enfurismat enxampa els fugitius. I finalment, el cadet, covard, culpa de tot l'afable Lima, que haurà d'afrontar sola les conseqüències del que ha fet.

T'empolvores sencera, el temps passa lent.
Però ens empaiten furiosos i patim de valent.

Ben mirat, és vostra, som poc més que dos nins.
Corro a amagar-me entre els arbustos, fosca endins.

El relat de la «senyoreta Lima» va anar seguit d'un de nou: «La princesa Vera i el telegrafista enamorat».

—Del poema emotiu que acompanya aquesta història només en podeu veure les il·lustracions fetes amb ploma i llapis de colors —va dir en Vassili, en to seriós—; el text està en procés de composició.

—Aquesta sí que és nova —va observar el coronel Anósov—, no l'he vista mai!

—És el número més recent. L'última novetat del món editorial.

La Vera va tocar-li discretament l'espatlla.

—Millor que no ho expliquis, si us plau —va dir ella.

Però en Vassili, o bé no va sentir què deia, o bé no va donar-hi importància.

—L'inici es remunta a temps prehistòrics. Un dia de maig preciós, una noia anomenada Vera va rebre una carta amb dos coloms fent-se un petó a la primera pàgina. Mireu, aquí hi ha la carta i aquí els coloms.

»La carta contenia una apassionada declaració d'amor escrita sense cap coneixement de les normes ortogràfiques. Començava de la manera següent:

Estimada princesa dels cabells d'or,

Tu... que, com una mar turmentosa de flames, fas que bulleixi el meu cor. La teva mirada, com una serp berinosa, m'ha traveçat l'ànima, torturada que tinc.

—Etc., etc. Al final va ser prou modest, però:

No soc més que un pobre telegrafista, però els meus sentiments valen tant com els de qualsevol gran cavaller. No goso revelar el meu nom de complet: és maça agosarat. Signo solsament amb les meves inicials, P.P.J. Sisplau, envia'm la resposta a l'oficina de correus.

—Aquí podeu veure, senyors i senyores, un retrat del telegrafista fet amb llapis de colors i executat amb èxit. I aquí, el cor de la Vera travessat per una fletxa. Aquí el cor, i aquí la fletxa, sí. La princesa, dòcil i ben educada com era, va ensenyar la carta als seus pares i al seu promès i amic de la infantesa, un jove de bona planta anomenat Vàssia Xein. Mireu, aquí n'hi ha una il·lustració. D'aquí a un temps, és clar, hi haurà versos per a cadascun d'aquests dibuixos.

En Vàssia, plorant, va tornar-li a la Vera el seu anell de compromís. «Mai no m'atreviria a interferir en la teva felicitat —va dir-li ell—, però si us plau, no et precipitis. Pensa, reflexiona, estigues segura del que sents i del que sent ell. Petita meva, no saps res de la vida i voles per sobre del foc ardent com una papallona. I jo — ai!— conec bé el món hipòcrita i despietat en què vivim. Sàpigues que els telegrafistes són fascinants però enganyosos; els atrau inexplicablement la idea de seduir una víctima inexperta amb els seus encants i els seus sentiments falsos i acabar ridiculitzant-la cruelment.»

Va passar mig any, i girant pel vals perpetu que és la vida, la Vera va deixar enrere el seu admirador i va casar-se amb el jove Vàssia; el telegrafista, no obstant això, no la va oblidar.

—Aquí el podeu veure disfressat d'escura-xemeneies, cobert de sutge, irrompent a la recambra de la princesa. I aquí les empremtes, i fins marques de llavis, que va deixar pertot arreu: a les catifes, als coixins, a les parets i fins i tot al parquet.

»A la il·lustració d'aquí es pot veure el moment en què va disfressar-se de pagesa i va començar a treballar de rentaplats a la cuina de casa nostra. Malauradament, la benevolència amb què va tractar-lo en Luka, el xef, el va forçar a escapar-se.

»Aquí, com podeu veure, és al psiquiàtric. I aquí quan va fer-se monjo. Ni un sol dia va deixar d'enviar cartes apassionades a la Vera, tot sigui dit. Bé, i aquí les llàgrimes vessades sobre el paper i el contorn de les paraules desdibuixades.

El telegrafista va acabar morint, però, abans que arribés el moment, va enviar-li a la Vera dos botons de telegrafista i un flascó que contenia les seves llàgrimes.

—Senyors i senyores, a qui li vindria de gust una tassa de te? —va preguntar la Vera Nikolàievna.

VII

El sol de tardor que els havia acompanyat durant tota la tarda va començar a pondre's. L'últim traç porprat del cel, estret com una escletxa i a tocar de l'horitzó, entre els núvols grisos i la terra, va desaparèixer. Ja no es podien veure ni la terra, ni els arbres, ni el cel, només les estrelles, ben altes, pestanyejant enmig de la fosca. El raig de llum blava que sortia del far semblava una columna enfilant-se cel amunt i desembocant en un cercle de llum esborrat i aquós, contingut al firmament. Les arnes voletejaven entorn dels vidres que cobrien les espelmes i, al jardí, les flors en forma d'estrella de les plantes de tabac desprenien una olor més forta a mesura que el vespre avançava i l'ambient es refredava.

El tinent governador Spéshnikov i el tinent coronel Ponamarióv feia estona que havien marxat; havien promès que tornarien a enviar el carruatge des de l'estació de tramvia per recollir el general. La resta de convidats eren a la terrassa. L'Anna i la Vera van obligar el general Anósov, malgrat les seves protestes, a posar-se l'abric i tapar-se les cames amb una manta. Davant seu hi havia una ampolla del vi negre que més li agradava, el Pommard, i assegudes cadascuna a un costat seu, les dues germanes, que l'atenien amb els cinc sentits: li omplien la copa d'aquell vi dur i espès d'empassar, li apropaven els llumins, li tallaven el formatge, etc. El vell general, és clar, estava més content que un gínjol.

—Ai... la tardor, la tardor, la tardor —va dir l'Anósov mirant la flama de les espelmes i remenant el cap pensatiu—. Sí, la tardor. Bé, jo hauria d'anar tirant també. Quina pena, tu! Ara que ve aquest temps, no hi ha res millor que viure vora el mar, acompanyat del silenci i la serenor.

—Doncs vingui a viure amb nosaltres, avi!—va dir la Vera.

—No pot ser, reina, no pot ser... Tinc responsabilitats, les vacances s'han acabat... però ja m'agradaria, ja! Has vist l'olor que fan les roses? Puc sentir-la des d'aquí... A l'estiu, amb la calor, no hi ha ni una flor que faci aquesta olor... bé, només la robínia, que fa olor de dolç.

La Vera va treure d'un gerro dues roses, una de blanca i una altra de vermella, i va posar-les a la butxaca de pit de l'abric del general.

—Gràcies, Vérotxka. —L'Anósov va inclinar el cap per olorar les flors i un somriure d'home gran i bondadós va travessar-li els llavis—. Me'n recordo del temps que vam passar amb l'exèrcit a Bucarest. Un dia, mentre passejava pel carrer, vaig sentir de cop i volta una olor de roses molt forta. Em vaig aturar i, enmig de dos soldats, vaig veure un flascó d'oli de roses. Els soldats l'estaven aprofitant per greixar les botes i les armes, i vaig preguntar-los: «Què és això que us unteu, nois?», i em van respondre: «Una mena d'oli, senyor. L'hem posat a les farinetes i no tenien bon gust, però (i el soldat va fregar-se els llavis) la veritat és que fa bona olor». Vaig pagar-los un ruble i me'l van donar encantats. El flascó era mig buit, però tenint en compte el seu valor real, sabia que me'n donarien com a mínim dos-cents rubles. Els soldats, satisfets amb la venda, van afegir: «I encara tenim una altra cosa, senyor. Llegums turcs; hem intentat bullir-los però no s'estoven». Eren grans de cafè. Vaig dir-los: «Només els prenen els turcs, aquests llegums. A vosaltres, els soldats, no us fan cap falta». Per sort, no van descobrir l'opi. En alguns llocs he arribat a veure pastilles d'opi enfonsades al fang.

—Avi, sigui sincer —va preguntar-li l'Anna—, ha passat mai por a la guerra? Ha patit?

—Quin concepte més estrany, oi, Ànnotxka? Passar por o no. Però és clar que n'he passada. Si us plau, no et creguis mai ningú que et digui que no ha passat por a la guerra i que el xiuxiueig d'una bala és com música per a la seva oïda. O bé és boig o bé un fanfarró. Tothom passa la mateixa por, amb l'única diferència que a alguns les cames els fan figa i altres saben fer el cor fort. Si t'hi fixes, la por no canvia mai: és la capacitat d'aprendre a contenir-se que augmenta amb la pràctica. D'aquí surten els herois i els homes valents, ni més ni menys. Va haver-hi un cop, però... casi moro de por.

—Expliqui'ns-ho, avi! —van demanar les germanes alhora.

Encara escoltaven les històries de l'Anósov amb la mateixa il·lusió de la infantesa. L'Anna, fins i tot, i de forma inconscient, va posar els colzes sobre la taula i la barbeta sobre els palmells de les mans, tal com feia de petita. Hi havia una mena d'encant entranyable en la seva forma innocent i pausada de narrar que les fascinava. Els recursos literaris que usava per explicar els records que tenia de la guerra eren de caire peculiar, maldestre i una mica novel·lesc. Tenia una forma de narrar dolça i primitiva.

—No és gaire llarg d'explicar —va respondre l'Anósov—. Érem al cim Shipka, a l'hivern, just després d'aquella contusió al cap. Vivíem en un refugi, els quatre. És allà on em va passar... Va ser horrible. Un matí, em vaig llevar pensant que era en Nikolai i no en Iàkov, i no hi havia manera de dissuadir-me'n. Sentint que perdia el seny, vaig cridar perquè em portessin una galleda d'aigua freda, vaig enfonsar-hi el cap i per sort, vaig recobrar l'enteniment.

—M'imagino, Iàkov Mikhàilovitx, que va conquistar moltes dones a la guerra —va dir la pianista Gennie Reiter—, devia ser un jove molt ben plantat, vostè.

—I encara ho és, de ben plantat, l'avi! —va exclamar l'Anna.

—No és que fos ben plantat —va dir l'Anósov

mentre a poc a poc se li dibuixava un somriure als llavis—, però ningú no em menyspreava, tampoc. De fet, a Bucarest mateix em va passar una cosa entendridora. Quan vam arribar a la ciutat, els ciutadans van venir a rebre'ns a la plaça major; hi va haver una canonada a mode de celebració, i podríem dir que les finestres de les cases no en van sortir ben parades. Curiosament, els vidres de les finestres al costat de les quals hi havia un got d'aigua, no van trencar-se. I com vaig descobrir-ho? Ara us ho diré. Quan vaig arribar a l'apartament que m'havien assignat, vaig veure a l'ampit de la finestra una gàbia i, dins la gàbia, una ampolla força gran amb aigua transparent i peixos daurats nadant a l'interior. Sabeu que hi havia enmig dels peixos? Un canari! Un canari a l'aigua! Em va sorprendre bastant, però després d'observar-ho amb atenció, vaig veure que el cul de l'ampolla era ampli i ben enfonsat cap al mig, amb la qual cosa el canari podia quedar-se allà dins sense problemes. Després d'això vaig haver de reconèixer que jo era un home poc perspicaç.

»Bé, el cas és que vaig arribar a l'apartament i vaig trobar-hi una noia búlgara ben bonica. Vaig ensenyar-li el comprovant d'allotjament i vaig aprofitar per preguntar-li com era que després de la canonada els nostres vidres havien quedat intactes; em va dir que era per l'aigua. També em va explicar com s'ho feia el canari, exactament... mira que n'havia estat, de curt de gambals! Xerràvem i xerràvem i de sobte vam creuar una mirada i va saltar una espurna, com si ens haguéssim enrampat; vaig sentir com m'havia enamorat en aquell precís instant, de forma absoluta i irrevocable.

El general va callar i a poc a poc, va fer un glop de vi negre.

—Però s'hi va declarar després, oi? —va preguntar la pianista.

—Mmm... sí, és clar que m'hi vaig declarar... però ho vaig fer sense dir ni una sola paraula. La cosa va anar de la següent manera...

—Ai avi, espero que no ens faci posar vermelles —va dir l'Anna amb un somriure entremaliat.

—No, no, va ser una història d'amor ben respectable. Mireu, a tot arreu on anàvem amb l'exèrcit, els habitants ens rebien de forma diferent: alguns amb reticències, altres com si fóssim un més, però a Bucarest ens hi vam avenir tant, que un dia que vaig posar-me a tocar el violí, i les noies, endiumenjades, tot d'una van acostar-se i van començar a ballar. L'endemà van fer el mateix i així fins que vam marxar, com un costum!

»Un d'aquells dies, a l'hora del ball, quan era de nit i hi havia lluna nova, vaig anar fins al rebedor on s'havia amagat la meva búlgara. Quan vaig trobar-la, va fer veure que collia pètals de rosa secs, dels quals, val a dir, allà a Bucarest en cullen a cabassos. Però bé, vaig abraçar-la, vaig estrènyer-la de manera que pogués sentir el batec del meu cor, i vaig fer-li uns quants petons.

»Des d'aquell moment, cada cop que sortien la lluna i les estrelles, corria cap a la meva estimada i totes les preocupacions que tenia s'esfumaven durant l'estona que passàvem junts.

»Quan va arribar l'hora de continuar la nostra campanya i deixar aquell lloc, ens vam jurar amor etern i ens vam dir adeu per sempre més.

—I ja està? —va dir la Liudmila Lvovna, decebuda.

—Què més esperàveu? —va contestar-li el general.

—Ja em disculparà, Iàkov Mikhàilovitx, però això que acaba d'explicar no és amor, sinó la típica història de campanya d'un oficial de l'exèrcit.

—No ho sé, reina... de debò que no sé si era amor o un altre sentiment.

—No ho crec... Digui, ha viscut mai un amor vertader? Sap?, un amor d'aquells que... bé, d'aquells que... en poques paraules... és sagrat, pur, etern... un amor celestial... No ha estimat mai així?

—Si li soc sincer, no sabria què dir-li —va dir l'Anósov, dubtós, mentre s'aixecava de la cadira—. Suposo que no, no he estimat mai així. Quan era jove era impossible: sortir de festa, les cartes, la guerra; semblava que la vida, la joventut i la bona salut no s'acabarien mai. Un dia vaig mirar enrere i ja era massa tard, m'havia convertit en un vell xaruc... Bé, i ara, Vérotxka, no m'entretinguis més. M'acomiado... Hússar —va dir dirigint-se a en Bakhtinski—, aprofitem ara que la nit és càlida per anar a trobar el carruatge.

—Jo us acompanyo, avi —va dir la Vera.

—Jo també! —va afegir l'Anna.

Abans de sortir fora, la Vera va anar fins on era el seu marit i va dir-li en veu baixa:

—Al calaix de la taula hi ha un estoig vermell amb una carta dins. Llegeix-la.

VIII

L'Anna i en Bakhtinski anaven al davant i darrere seu, a vint passes, el general i la Vera de braçet. La nit era tan fosca que els primers minuts, fins que els ulls no van acostumar-se a la foscor, van haver de temptejar el terreny amb els peus. L'Anósov, que malgrat els anys, encara tenia una vista sorprenentment bona, va haver d'ajudar la seva acompanyant. De tant en tant allargava la seva mà freda i grossa fins a trobar la de la Vera, que estava lleugerament recolzada al seu braç, i l'acariciava tendrament.

—Sí que és divertida aquesta Liudmila Lvovna —va dir tot d'una el general com si hagués decidit continuar en veu alta el que rumiava des de feia estona—. Quants cops ho he vist, però: un cop les dones en fan cinquanta, especialment les vídues i les solteres, s'immisceixen en històries d'amor alienes per sentir-se millor. O bé fan d'espia, o bé tafanegen i s'alegren de les desgràcies dels altres, o bé s'afanyen a fer d'alcavota, o bé alimenten tota aquesta xerrameca de l'amor elevat. I encara diré més, avui dia, la gent ja no sap el que és estimar. L'amor vertader no existeix. Ja no existia a la meva època, de fet!

—I com és possible que passi una cosa així, avi? —va replicar la Vera mentre li estrenyia la mà lleugerament—. No digui bajanades! Vostè mateix va estar casat, no? Us devíeu estimar, doncs.

—No necessàriament, Vérotxka del meu cor. Saps com vaig casar-me? Un dia, va asseure's a prop meu una noia, jove i bonica, que no havia vist mai. Respirava i els pits se li insinuaven sota la brusa; abaixava els ulls, fent gala de les seves llargues pestanyes i s'enrojolava de sobte; tenia la pell de les galtes fina, un coll blanc i innocent, i unes mans suaus i càlides. Àngela Maria! I els pares, amunt i avall, escoltaven d'amagades les nostres converses i semblaven implorar-me amb els ulls plens d'esperança. Quan marxava, des de darrere la porta em feia petonets i, a l'hora del te, per sota la taula em tocava la cama com qui no vol la cosa... I bé, no es va fer esperar: «Estimat Nikita Antónitx, m'adreço a vostè per demanar-li la mà de la seva filla, aquest ésser angelical que...», i abans que pogués continuar, el pare, amb els ulls plorosos, es va llançar a sobre meu per besar-me: «Ai, estimat... Ja suposava que acabaria passant... Que Déu et beneeixi... i tingues cura del nostre tresor». En un marge de tres mesos aquell tresor sagrat va començar a passejar-se per casa amb una bata desgastada i les cames a l'aire, amb sabatilles, i els cabells fins, despentinats i recollits amb rullos; es cridava amb el servei com una verdulera i feia el ridícul amb els oficials joves: els xiuxiuejava coses a cau d'orella, deixava anar rialletes, crits, girava els ulls en blanc. Davant de la gent, i no em preguntis per què, m'anomenava Jaques, i ho feia amb una veu nasal i dèbil, així com allargant el nom: «J-a-a-a-ques», saps què vull dir? Ras i curt: una dona cruel, grollera, hipòcrita i vanitosa. I als seus ulls hi veia sempre tanta falsedat... Ara ja és cosa del passat i tot s'ha posat al seu lloc, però vaja... Fins i tot li agraeixo a aquell actor que se l'endugués... I gràcies a Déu que no vam tenir fills!

—Els ha perdonat mai, avi? —va dir la Vera.

—Jo no diria perdonar, Vérotxka. Al principi em vaig posar fet un fúria. Si els hagués vist junts els hauria matat de cop, t'ho asseguro. De mica en mica, aquella fúria se'n va anar i em va quedar només un sentiment de menyspreu. I no em puc queixar. Déu em salvi d'haver vessat sang per no res. A més, em vaig estalviar d'afrontar el destí que els espera a la majoria de marits. Si no fos per aquest incident deplorable, què hauria estat de mi? M'hauria convertit en un animal de tir, un consentidor i protector ignominiós, un còmplice de tots aquells disbarats, una vaca per munyir, una tapadora, un d'aquells estris de cuina... No! Tot ha acabat sortint bé, Vérotxka.

—No i no, avi! Ja em perdonarà, però crec que encara parla des del ressentiment... L'experiència desafortunada que va tenir no és la norma. Miri'ns a en Vàssia i a mi. Diria que el nostre és un matrimoni infeliç?

El general Anósov va restar en silenci durant una bona estona fins que va admetre de mala gana:

—D'acord, posem per cas que en Vàssia i tu sou l'excepció... però en general, per què decideix casar-se, la gent? La dona, per exemple. Les noies viuen amb vergonya el fet de quedar-se solteres, i encara més quan les amigues ja s'han casat. No volen ser una càrrega per a la família. El seu desig és convertir-se en mestresses de casa, matriarques, dames independents... i bé, després també hi ha la necessitat, purament biològica, de ser mares, de començar a fer un niu propi. Els homes, per contra, tenen motius diferents. En primer lloc, la vida de solter és esgotadora: les habitacions desendreçades, els àpats a les tavernes, la brutícia, les puntes de cigars, la roba interior foradada o desaparellada, els deutes, els companys descortesos, etc. En segon lloc, la vida familiar és més profitosa, tant en l'aspecte econòmic com en el de la salut. En tercer lloc, molts pensen que, quan morin, una part d'ells romandrà per sempre en els fills i, per tant, que seguiran presents... com una mena d'il·lusió de la immortalitat. En quart lloc, hi ha el desig vanitós de conquerir la innocència, com em va passar a mi. I altres vegades, és clar, també es pensa en l'aportació de béns al matrimoni. I on para l'amor amb tot això? L'amor desinteressat i altruista que no espera res a canvi? Aquell que diuen que «ni la mort pot vèncer»? Saps què vull dir? Aquell amor per al qual faries qualsevol cosa, per al qual donar la teva vida o sofrir, més que una dificultat, és motiu de joia. Espera, espera, Vera, vols tornar a parlar altre cop del teu Vàssia? Sí que m'agrada, de debò! És un bon jan. Qui sap?, potser en un futur mostra el seu amor cap a tu en tota la seva plenitud. Però bé, tu ja saps de quina mena d'amor parlo! L'amor ha de ser tràgic. El gran misteri de la vida! I no hi ha cap bé material, cap càlcul, ni cap compromís que pugui alterar-lo.

—Ha vist mai un amor així, avi? —va preguntar-li la Vera en veu baixa.

—No —va respondre el vell amb fermesa—. Sé de dos casos que potser s'hi han apropat, però un el motivava l'estupidesa, i l'altre... bé... quina amargor... va ser una pena... Si vols, t'ho explico. Va ser fa poc.

—Expliqui'm-ho ara, si us plau!

—D'acord. Un comandant de la nostra divisió (però no del nostre regiment) estava casat amb una dona. T'he de dir, Vera, que no era precisament bonica. Ossuda, pèl-roja, alta, escanyolida, de llavis prominents. El maquillatge li queia a trossos de la pell tal com cau el guix d'un edifici vell de Moscou. Però, en fi, perquè m'entenguis, era com la Messalina del regiment: tenia un caràcter fort i autoritari, era condescendent amb la gent, li agradava la diversitat, i per si tot això no fos prou, era addicta a la morfina.

»I vet aquí que un dia, a la tardor, va arribar al regiment un nou alferes, un noiet inexpert acabat de graduar de l'acadèmia militar. Al cap d'un mes, aquella carronya l'havia absorbit per complet, el noi era poc més que un criat, un esclau, l'eterna parella de ball, duia el seu ventall i el seu mocador a tot arreu, sortia sense abric a buscar-li el carruatge malgrat que el dia fos gèlid... És terrible quan un jove pur i innocent deixa en mans d'una dona llibertina, vella i ambiciosa el seu primer amor. Fins i tot si aconsegueix sortir de la relació sa i estalvi, se'l considera per sempre més un home mort. És una taca de per vida.

»Doncs bé, al Nadal ja se n'havia afartat d'ell i va decidir tornar a veure's amb un amant amb qui ja havia estat anteriorment. L'alferes no ho podia suportar, la seguia a tot arreu com una ombra. Estava exhaust, semblava un sac d'ossos i fins i tot la pell se li havia ennegrit. Tal com dirien els poetes: la mort li ballava pel front. La gelosia el consumia. Diuen que passava les nits sota la seva finestra.

»Quan va arribar la primavera, al regiment van organitzar una mena de maiovka;[5] de pícnic, vaja. Jo coneixia el matrimoni personalment, però en aquella ocasió no hi vaig poder assistir. Com acostuma a passar en dies així, tothom anava força begut. Quan es va fer de nit, van tornar a peu per les vies del tren. Tot d'una, van veure com s'atansava un tren de mercaderies que pujava lentament per un pendent força empinat. Se'l sentia xiular. Quan els llums de la locomotora van atrapar-los, ella va acostar-se a l'alferes i va dir-li a cau d'orella: "Em diu de tot, que m'estima... però, en realitat, si li demanés que es tirés a les vies del tren per mi, probablement no ho faria". I ell, sense respondre ni una sola paraula, s'hi va llençar. Corre el rumor que havia calculat a la perfecció el punt exacte on saltar, entre el davant i les rodes de darrere, per tal que el tren el partís en dos. Un idiota que hi havia per allà va intentar impedir-ho i el va tirar cap enfora. I què va passar? Que no tenia prou força i el jove enamorat, intentant agafar-se a les vies, va perdre les dues mans.

5. En temps de l'Imperi Rus, una maiovka era un pícnic que se celebrava a l'inici de maig. *(N. de la t.)*

—Ai no, quin horror! —va exclamar la Vera.

—L'alferes va haver de deixar el servei, és clar. Els companys del regiment van recollir uns quants diners per al seu viatge de tornada; quedar-se a la ciutat no tenia cap sentit, era un retret amb potes tant per a ella com per a la resta. I bé, així vam perdre aquell noiet... i de quina manera més cruel... Va acabar fent de captaire... congelat i mort en algun moll de Sant Petersburg.

»I l'altre cas va ser una pena, realment. El mateix perfil de dona que el de la primera història, però més jove i més bonica. Mira que n'era, d'indecent! Vam quedar ben parats, malgrat que d'històries així no se'n contin poques, precisament. I al marit, doncs bé, tant li feia; ho sabia tot, ho veia tot, i callava. Els amics l'hi insinuaven i ell se'n desentenia: "Deixeu-ho estar, deixeu-ho estar... No és cosa meva, només vull que la Lénonka sigui feliç". Que beneit!

»Al final va acabar ben embolicada amb el tinent Víshniakov, un subaltern de la companyia. Vivien com un matrimoni format per tres cònjuges i actuaven com si aquesta mena d'unió fos totalment legítima. Al cap de poc temps ens van enviar al front. Les dones van venir a acomiadar-se, inclosa ella, i de debò que passaves vergonya només de contemplar-ho: podria haver tingut la decència d'estar pel seu marit ni que fos una estona, però no, s'arrapava al tinent com una llagasta i no el deixava anar. A l'hora de marxar, quan ja érem dins dels vagons i el tren estava a punt d'arrencar, la dona va córrer darrere del marit, pocavergonya com era ella, i va dir-li cridant: "Recorda't de protegir en Volòdia! Si li passa qualsevol cosa, me n'aniré de casa i no tornaré mai més. I m'enduré les criatures".

»És possible que pensis que aquest capità, el marit, era un mitjatita, un gallina, un fleuma. Gens ni mica. Era un soldat valent. En una ocasió, lluitant a les muntanyes, va dur sis cops la seva companyia fins a un reducte turc i, dels dos-cents homes que liderava, va tornar-ne amb catorze. El van ferir dos cops i no es va deixar portar a l'hospital de campanya. Era així. Els soldats li tenien devoció.

»Però ella li havia deixat ben clar què fer... La seva Lénotxka l'havia manat!

»I bé, el capità va tenir cura d'aquell covard i lluç d'en Víshniakov com si fos una infermera o una mare: les nits al campament, sota la pluja, al fang, fins i tot l'abrigava amb el seu capot; el substituïa quan havia de fer de sapador mentre ell s'estava tan tranquil al refugi o jugant a cartes; a les nits supervisava els punts de control que li havien assignat a l'altre... I que consti, Verúnia, que tot això va passar quan els *baixi bozuq*[6] mataven els nostres soldats amb la mateixa facilitat que una camperola de Iaroslvavl arrenca del seu jardí les cols que hi té plantades. És un pecat pensar-ho tan sols, però vam estar contents de saber que en Víshniakov havia mort de tifus en un hospital...

—I de dones, de dones que estimin de debò, n'ha conegut, vostè?

—Oh, és clar que sí, Vérotxka, i encara diré més: estic segur que, gairebé sempre, la dona enamorada és capaç de fer els actes més heroics. Que no ho veus? Quan una dona besa, abraça, es lliura... es converteix a l'instant en mare! L'amor, per ella, quan estima, comprèn el sentit de la vida, és l'univers sencer! No

6. Auxiliars otomans, la majoria kurds, albanesos o circassians, que van lluitar a la guerra de Crimea. *(N. de la t.)*

és culpa seva que la gent hagi après a estimar d'una manera tan vulgar i que l'amor hagi degenerat fins a ser una comoditat del dia a dia, un passatemps qualsevol. Això és culpa dels homes, que amb vint anys ja ho han vist tot, tenen un cos i un cor de gallina, i són incapaços de desitjar una cosa de debò, de fer cap mena de proesa o d'estimar amb afecte i devoció. Diuen que abans sí que hi havia amors així, que els grans pensadors de la humanitat els somiaven i anhelaven: poetes, novel·listes, músics, pintors... Fa poc vaig llegir la història de Manon Lescaut i el cavaller Des Grieux... Creu-me, em regalimaven les llàgrimes... Digues-me amb total sinceritat, estimada meva, no és el somni de tota dona, en el fons, trobar un amor així: únic, benèvol, preparat per a qualsevol cosa, humil i sacrificat?

—Oi tant que sí, avi, oi tant...

—I com que ja no existeix, les dones es vengen. D'aquí a trenta anys, jo ja no ho veuré... però tu potser sí, Vérotxka. Recorda bé el que et dic, d'aquí a trenta anys les dones tindran un poder sense precedents al món. Es vestiran com les deesses de l'Índia. Ens trepitjaran com si fóssim esclaus menyspreables.

Els seus capritxos i extravagàncies es convertiran en lleis doloroses que caldrà seguir. I tot això perquè durant generacions senceres no hem sabut admirar i venerar l'amor com calia. Serà la seva venjança. Ja saps què diu la llei: la força de l'acció és igual que la força de la reacció.

Després de restar en silenci una estona, va preguntar sobtadament:

—Vérotxka, si no et fa res, podries explicar-me de quina història parlava avui en Vassili? Què va passar i què no va passar amb aquest telegrafista? Tenint en compte com acostuma a exagerar...

—De debò vol saber-ho, avi?

—Com vulguis, Vera, com vulguis. Si t'incomoda per qualsevol motiu...

—En realitat no. T'ho explicaré amb molt de gust.

La princesa va relatar amb tot detall com un home boig l'havia començat a perseguir amb el seu amor dos anys abans que es casés. Ni l'havia vist mai, ni en sabia el cognom. Ell només l'escrivia i signava les cartes amb les inicials G.S.J. En una ocasió va esmentar que era funcionari en una institució pública, però de la telegrafia no en va dir ni una paraula. Era evident que la seguia a tot arreu perquè a les cartes descrivia amb total exactitud on havia passat les tardes, en companyia de qui i com anava vestida. A l'inici, les cartes eren vulgars i curiosament apassionades, malgrat que el to fos més aviat contingut. Però un dia —i va demanar al general que no ho digués perquè ningú de casa ho sabia— va respondre-li per pregar-li que deixés de molestar-la amb les seves declaracions d'amor. Des d'aquell moment no va tornar a declarar-se i li escrivia només de tant en tant: per Pasqua, per felicitar-li l'any nou, pel sant... La Vera va parlar-li també del paquet que havia rebut feia unes hores i va recitar-li gairebé paraula per paraula aquella carta estranya que el seu admirador secret li havia enviat.

—Mmm... Sí —va dir el general al final—. Potser tan sols és un sonat, un maníac, o qui sap, Vérotxka, potser irromp en el teu camí aquest amor que somien les dones i que els homes ja no són capaços de sentir. Ai, espera un momentet. Veus llums movent-se allà davant? És possible que sigui el meu carruatge.

Pel darrere van sentir com retrunyia un automòbil i al camí, ple de sots fets per rodes, hi brillaven els llums d'acetilè. En Gustav Ivànovitx conduïa.

—Ànnotxka, he arreplegat les teves coses. Seu —va dir ell—, i vostè, excel·lència, em permetria portar-lo?

—Ui no, gràcies, estimat —va respondre el general—. No m'agraden gaire aquests automòbils. Només tremolen i fan pudor, no hi ha manera de gaudir-ne. Bé, adeu, Vérotxka. A partir d'ara vindré més sovint —va dir i va besar la princesa al front i les mans.

Tothom va acomiadar-se. En Gustav va deixar la Vera a l'entrada de la seva datxa i, fent mitja volta com qui dibuixa un cercle, va desaparèixer enmig de la foscor amb el seu cotxe rugent i esbufegant.

IX

La Vera, amb una sensació desagradable al cos, va pujar fins a la terrassa i va entrar dins de casa. De lluny, va sentir el to pujat del seu germà Nikolai i la seva figura esvelta i encarcarada movent-se ràpidament d'un cantó a l'altre de l'habitació. En Vassili Lvóvitx seia a la taula on havien jugat a cartes i, tot inclinant els seus cabells curts i rossos, traçava línies amb el guix sobre les estovalles verdes.

—Vaig insistir durant molt de temps! —va dir en Nikolai, furiós, i va fer un gest amb la mà dreta com si tirés un pes invisible al terra—. Vaig insistir durant molt de temps que s'havia de posar fi a aquestes cartes estúpides. Fins i tot abans que us caséssiu ja us vaig dir que no us en moféssiu com criatures, que no fèieu bé de veure-hi només el cantó divertit... Mira, just la persona que faltava, la Vera... Saps de qui parlàvem amb en Vassili, Vérotxka? Del teu boig, el teu P.P.J. Trobo que aquesta correspondència és insolent i vulgar.

—De correspondència no n'hi havia —va frenar-lo en sec en Vassili—. L'únic que escrivia era ell...

En sentir aquelles paraules, la princesa es va enrojolar i va asseure's al sofà, a l'ombra d'una gran palmera.

—Perdona, no he estat prou correcte —va dir en Nikolai Nikolàievitx, i va tornar a fer el gest de tirar al terra el pes invisible, però aquest cop com si se l'hagués arrencat del pit.

—No entenc per què dius que és meu —va afegir la Vera, complaguda pel suport que havia rebut del seu marit—. Aquest home és tan meu com teu...

—D'acord, doncs perdona un altre cop. Però vaja, en resum: aquesta ximpleria ha d'acabar. Crec que l'assumpte ha creuat el límit d'allò de què te'n pots riure i fer-ne dibuixos divertits tan sols... Creu-me, si hi ha alguna cosa que m'importa i m'amoïna de tot això, és el bon nom de la Vera i el teu mateix, Vassili Lvóvitx.

—Em sembla que estàs exagerant, Kòlia... —va dir en Xein.

—Potser, potser... però corres el risc de fer el ridícul fàcilment.

—No veig com, francament —va dir el príncep.

—Molt bé, imagina't que aquest estúpid braçalet... —en Nikolai va agafar l'estoig vermell de la taula i va llançar-lo amb menyspreu de cop—, que aquesta quincalla monstruosa i papista, es queda aquí, o que la llencem, o que l'hi regalem a la Daixa. D'aquesta manera, en primer lloc, en P.P.J. podria vantar-se amb els seus coneguts o companys que la princesa Vera Nikolàievna Xeina accepta els seus regals, i en segon lloc, aquesta primera suposició el podria encoratjar a seguir fent gestos d'aquesta mena. Demà li enviarà un anell de diamants, demà passat un collar de perles i, d'aquí a poc, ja ho veuràs, el jutjaran per malversació o frau i citaran la Vera en qualitat de testimoni... quina situació més agradable!

—No, no, el braçalet l'hem de tornar segur! —va exclamar en Vassili Lvóvitx.

—Jo també ho penso —va convenir la Vera—, i com més aviat millor! Però com podem fer-ho? En realitat no en sabem ni el nom, ni el cognom, ni l'adreça.

—Oh, això tant és! —va replicar amb condescendència en Nikolai Nikolàievitx—. Bé que sabem les seves inicials, P. P. J. ... oi, Vera?

—G.S.J.

—Fantàstic. A més, sabem que és funcionari en algun lloc. Amb això en tenim prou. Demà m'aproparé al registre de la ciutat i buscaré o bé un funcionari o bé un empleat amb aquestes inicials. Si per qualsevol motiu no el trobo, trucaré a un agent de policia, un detectiu, perquè el busqui ell. Ni més ni menys. En cas que es compliqui, presentaré aquest paper amb la seva lletra. Ras i curt: demà a les dues del migdia sabré amb total seguretat el nom i l'adreça d'aquest jove, i fins i tot les hores que és a casa. Tan bon punt sàpiga això, no només li tornarem la seva joia, sinó que prendrem les mesures necessàries perquè no ens recordi la seva existència mai més.

—I què penses fer exactament? —va preguntar el príncep Vassili.

—Què penso fer? Doncs anar a veure el governador i preguntar-li...

—No, al governador, no. Ja saps quina mena de relació hi tenim... Correm el risc de fer un ridícul estrepitós.

—D'acord. Aniré a parlar amb el cap de policia, doncs. És amic meu del club. Que faci venir aquest

Romeo a comissaria i l'amenaci amb el dit sota el nas. Saps com ho fa? Apropa el dit al nas del sospitós, sense moure la mà, i agita el dit mentre crida: «Senyor, no toleraré pas això-ò-ò».

—Que t'has tornat boig? Que se n'encarregui la policia, diu! —va dir la Vera arrufant les celles.

—Tens raó, Vera —va convenir el príncep— val més que no involucrem ningú de fora. La gent tafanejarà, correran rumors... Ja sabem de sobres com és la nostra ciutat, tothom viu en un pot de vidre... és millor que vagi jo mateix a veure aquest... jove... Déu sap que podria tenir seixanta anys! Li tornaré el braçalet i li deixaré les coses ben clares, seré contundent.

—Jo t'hi acompanyaré —va interrompre ràpidament en Nikolai Nikolàievitx—. Ets massa amable, Vassili; deixa que sigui jo qui parli amb ell. I ara, amics meus —es va treure el rellotge de la butxaca i va mirar l'hora—, disculpeu-me però me'n vaig una estona a l'habitació. Amb prou feines m'aguanto dret i encara he de revisar dos casos.

—No sé per què però em fa pena aquest pobre home —va dir la Vera, dubtosa.

—Res de compadir-lo! —va respondre de forma abrupta en Nikolai mentre es dirigia cap a la porta—. Si algú de la nostra classe hagués comès el disbarat de regalar-te un braçalet i escriure't una carta, el príncep Vassili l'hauria hagut de desafiar. I si no ho hagués fet ell, ho hauria fet jo. Demà, Vassili Lvóvitx, espera'm a l'oficina, t'avisaré per telèfon.

X

Les escales, cobertes d'escopinades, feien olor de ratolins, gats, querosè i bugada. Abans que arribessin a la sisena planta, el príncep Vassili Lvóvitx es va aturar.

—Espera un moment —va dir-li al seu cunyat—. Deixa'm respirar una mica. Ai, Kòlia, no hauríem d'haver vingut...

Encara van pujar dos trams més. El replà de l'escala era tan fosc, que en Nikolai Nikolàievitx va haver d'encendre dos llumins abans no trobés el número de porta que buscaven.

Van trucar a la porta i una dona grassa, amb els cabells blancs i els ulls grisos, que duia ulleres i caminava lleugerament inclinada per culpa d'una malaltia estranya, va sortir a rebre'ls.

—Que hi és, a casa, el senyor Jéltkov? —va preguntar en Nikolai Nikolàievitx.

La dona mirava amb neguit a un i altre, alternadament. El posat respectable d'ambdós, però, va calmar-la.

—Sí, passin, si us plau —va dir la dona, obrint—; primera porta a l'esquerra.

En Nikolai va fer tres trucs breus i decidits. Van sentir un murmuri provinent de l'habitació i va decidir picar de nou.

—Passin— va dir una veu feble.

L'habitació tenia el sostre molt baix, però era àmplia i espaiosa, gairebé de forma quadrada. Dues finestres circulars, que semblaven pràcticament ulls de bou, deixaven entrar una mica de llum. Era ben bé com la cabina d'un vaixell de càrrega. Al costat d'una de les parets hi havia un llit estret; a l'altre costat, un sofà immens i folgat, amb una preciosa catifa turca desgastada, i al mig, una taula coberta amb una tovalla ucraïnesa de colors.

Al principi no podien veure la cara del llogater: estava a contrallum i es fregava les mans, perplex. Era alt, esvelt i amb els cabells llargs i sedosos.

—Vostè deu ser el senyor Jéltkov, si no m'equivoco —va dir en Nikolai Nikolàievitx, amb arrogància.

—Jéltkov, sí. Molt de gust. Permeti'm que em presenti.

Va fer dues passes cap a en Nikolai per estrènyer-li la mà, i ell, ignorant el gest de benvinguda, va girar-se cap a en Xein a l'instant.

—Ja t'he dit que no ens havíem equivocat.

Els dits prims i nerviosos d'en Jéltkov van començar a resseguir el viu de la jaqueta marró curta que duia, botonant-la i desbotonant-la. Finalment, assenyalant el sofà i fent un gest ansiós amb la mà, va dir-los:

—Els ho prego. Seguin, si us plau.

Va ser en aquell moment quan van poder-lo veure amb total claredat: pàl·lid, d'ulls blaus, amb un rostre efeminat i delicat i un clotet a la barbeta com els de les criatures entremaliades. Devia tenir uns trenta, trenta-cinc anys.

—Li ho agraeixo —va dir-li el príncep Xein, observant-lo amb atenció.

—*Merci* —va afegir en Nikolai Nikolàievitx, breument.

Ambdós van restar drets.

—No ens hi estarem gaire estona. Aquest és el príncep Vassili Lvóvitx Xein, cap provincial de la noblesa. El meu cognom és Mirza Bulat-Tuganovski;

soc assistent del fiscal. L'afer sobre el qual tenim l'honor de parlar amb vostè ens concerneix tant al príncep com a mi, o millor dit, a la seva dona, és a dir, la meva germana.

En Jéltkov, completament atordit, es va deixar caure de cop al sofà i amb els llavis pàl·lids va dir tartamudejant:

—Els prego si us plau que seguin.

Recordant que els havia demanat el mateix feia poca estona i no havia tingut èxit, va saltar del sofà, va córrer cap a la finestra passant-se els dits pels cabells i va tornar cap al sofà. De nou, les mans tremoloses li anaven amunt i avall, botonant i desbotonant, pentinant els bigotis pèl-rojos i clars, tocant-li la cara perquè sí.

—Estic a la seva disposició, senyoria —va murmurar en Jéltkov, mirant en Vassili Lvóvitx amb ulls suplicants.

El príncep no va dir res. Va ser en Nikolai Nikolàievitx qui va parlar:

—En primer lloc, permeti'm que li torni el seu obsequi —va dir mentre es treia de la butxaca l'estoig vermell i el deixava amb cura sobre la taula—.

Ella, és clar, és digna dels sentiments que ha provocat però li hem de demanar, si us plau, que sorpreses així no es tornin a repetir.

—Perdonin-me... soc conscient que tot això és culpa meva —va xiuxiuejar en Jéltkov, mirant cap al terra avergonyit—. Els vindria de gust una tassa de te, potser?

—Senyor Jéltkov—va continuar en Nikolai Nikolàievitx com si no hagués sentit les últimes paraules—, permeti'm que li digui que estic content de veure que és vostè un home decent, un *gentleman*, capaç de comprendre les coses a la primera. Crec que ens entendrem en un no res. Si no m'equivoco, vostè fa set o vuit anys que persegueix la princesa Vera Nikolàievna, oi?

—Sí —va dir en Jéltkov amb un fil de veu i va abaixar els ulls com fent una reverència.

—I en el dia d'avui encara no hem pres mesures contra vostè, encara que deu estar d'acord que, no només hauria estat bé prendre'n, sinó que hauríem hagut de prendre'n. Tinc raó?

—Sí.

—Efectivament. Però amb el seu darrer gest, em

refereixo en concret al braçalet de granats que ha enviat a la princesa, ha creuat el límit de la nostra paciència. Ho entén? Se'ns ha acabat la paciència. No li amagaré que el primer que vam pensar va ser a delegar l'afer a les autoritats, però vam decidir no fer-ho i estic content perquè, tal com li he dit, he vist immediatament que vostè era un home honorable.

—Disculpi, com diu? —va dir de sobte en Jéltkov i es va posar a riure—. Volien anar a les autoritats? Acaba de dir això?

Va ficar-se les mans a la butxaca, es va asseure còmodament en un racó del sofà, va treure la caixa de llumins i es va encendre un cigarret.

—Bé, bé... estava dient que volien anar a les autoritats, no? Disculpi que m'assegui, príncep —va dir dirigint-se a en Xein—. I què més?

El príncep va dur una cadira fins a la taula i s'hi va asseure; mirava el rostre d'aquell estrany meravellat i profundament encuriosit.

—D'una cosa així no en podrà fugir mai, amic meu —va continuar en Nikolai, amb condescendència—: haver-se entremès en una família aliena...

—Disculpi'm, l'he d'interrompre per...

—No, disculpi'm a mi perquè qui l'interromp soc jo! —va dir l'ajudant de fiscal gairebé cridant.

—Com vostè mani. Digui, l'escolto. Però voldria dir-li un parell de coses al príncep Vassili Lvóvitx. —I sense fer més cas d'en Tuganovski, va dir—. Príncep, s'apropa el moment més difícil de la meva vida i voldria parlar amb vostè sense embuts... M'escoltarà?

—L'escolto —va dir en Xein—. Kòlia, calla d'una vegada —va afegir amb impaciència després que en Tuganovski el mirés, enfurismat—. Parli.

Durant uns segons va semblar que en Jéltkov agafava aire, ofegat, però, de cop i volta, movent tan sols la mandíbula, un torrent de paraules va començar a sortir-li dels llavis, blancs i immòbils com els d'un home mort:

—No és fàcil dir-li això... que estimo la seva dona. Però set anys d'amor irremeiable i honest em donen dret a fer-ho. És cert que, al principi, abans que la Vera es casés, vaig escriure-li cartes estúpides i que fins i tot esperava que les respongués. I estic d'acord que el meu últim gest, és a dir, enviar-li el braçalet, ha estat encara més estúpid. Però... el miro fixament als ulls i sento que m'entendrà. Sé que mai no tindré forces per desenamorar-me'n.... Digui'm, príncep, suposant que tot això no li és grat, què faria per desfer-se d'aquest sentiment? Enviar-me a una altra ciutat, com proposa en Nikolai Nikolàievitx? D'acord, però allà seguiré estimant la Vera Nikolàievna tant com aquí. Tancar-me a la presó, potser? Fins i tot allà trobaria la forma de fer-li saber que existeixo. Només queda una cosa per fer: morir. Si vol, acceptaré la mort de la forma en què li plagui.

—Ah, que bé, en comptes de resoldre aquest assumpte, presenciem una mena de melodrama —va dir en Nikolai Nikolàievitx posant-se el barret—. La qüestió és ben simple: o bé es compromet de debò a deixar de perseguir la princesa Vera Nikolàievna o bé, si és que no hi està d'acord, prendrem les mesures pertinents d'acord amb la nostra posició, contactes, etc.

En Jéltkov, malgrat haver escoltat les paraules d'en Nikolai, no va mirar-lo; va girar-se cap al príncep Vassili Lvóvitx i va preguntar-li:

—Em permet absentar-me deu minuts? No li amagaré que em disposo a trucar a la princesa Vera

Nikolàievna per telèfon. Li asseguro que tot el que pugui explicar-se de la conversa li serà transmès.

—Sí, vagi —va dir en Xein.

Quan en Nikolai Nikolàievitx va quedar-se a soles amb el príncep Vassili Lvóvitx, va posar-se com una fúria:

—No es pot, així no es pot! —va dir cridant mentre feia un gest amb la mà dreta com si s'arranqués del pit un pes invisible i el tirés al terra—. Amb aquesta positivitat no es pot. Ja et vaig dir que de la conversa me n'encarregava jo, però t'has entendrit i has permès que parlés i parlés dels seus sentiments. Jo ho hauria resolt tot amb dues paraules.

—Espera —va dir el príncep Vassili Lvóvitx—, ben aviat es resoldrà tot. El més important és que, quan el miro, veig la cara d'un home que és incapaç d'enganyar i mentir deliberadament. Kòlia, pensa-ho bé, de debò podem culpar-lo d'estar enamorat? O de no poder contenir el sentiment d'amor que el governa, un sentiment, d'altra banda, que ni jo mateix encara sé com explicar? —Pensatiu, el príncep va afegir—: Em fa pena, aquest home. És més, no només em fa pena, sinó que sento que estic davant d'una ànima profundament turmentada i que no puc fer el ximple.

—D'això, jo en dic decadència —va dir en Nikolai Nikolàievitx.

Al cap de deu minuts, en Jéltkov va tornar. Els ulls li brillaven, profunds, com plens de llàgrimes a punt de regalimar. I era clar que s'havia oblidat de les bones maneres, d'on li tocava asseure's a cadascú, que havia deixat de comportar-se com un *gentleman*. I altre cop el príncep Xein va entendre'l amb una gran sensibilitat.

—Estic preparat —va dir ell—. A partir de demà no tornareu a saber res més de mi. Serà com si hagués mort. Només tinc una condició i m'adreço a vostè, Vassili Lvóvitx: he malversat diners públics i he de fugir d'aquesta ciutat sigui com sigui. Em permetria enviar-li a la princesa Vera Nikolàievna una última carta?

—No. Si hem dit que prou, és que prou. Ni una carta més! —va cridar en Nikolai Nikolàievitx.

—D'acord, escrigui-la —va dir en Xein.

—Molt bé, doncs això és tot —va dir en Jéltkov, rient amb arrogància—. Mai més no sabreu res de mi i, per descomptat, tampoc no em veureu més. La princesa Vera Nikolàievna no ha volgut parlar amb mi. Quan li he preguntat si em podia quedar a la ciutat per veure-la de tant en tant, sense que ella se n'assabentés, és clar, m'ha respost: «Ai, si sabés com de cansada n'estic, d'aquesta història. Si us plau, pari-ho al més aviat possible». I bé, ha arribat el moment de posar fi a tot això. Em sembla que he fet tot el que es podia fer, no?

Al vespre, quan van arribar a la datxa, en Vassili va explicar fil per randa a la seva dona com havia anat la trobada amb en Jéltkov. Va sentir que, d'alguna manera, estava obligat a fer-ho.

La Vera, malgrat que estava amoïnada, no es va sentir ni sorpresa ni aclaparada. A la nit, quan el marit es va ficar al llit amb ella, va dir-li tot girant-se cap a paret:

—Deixa'm en pau; sé que aquest home se suïcidarà.

XI

La princesa Vera Nikolàievna no llegia mai els diaris perquè, en primer lloc, se li embrutaven els dits i, en segon lloc, no podia entendre el tipus de llenguatge modern en què s'escrivien.

Però el destí va fer que aquell dia l'obrís just per la pàgina en què hi havia escrita la columna següent:

Una mort misteriosa. Ahir al vespre, prop de les set, un funcionari de la Cambra de Control, G. S. Jéltkov, va suïcidar-se. Tal com suggereix la investigació, la mort va produir-se a causa d'una malversació de fons públics. El difunt va deixar una carta en què n'explicava els motius. Tenint en compte l'informe elaborat gràcies als testimonis en què es corrobora que l'acte va ser per voluntat pròpia, s'ha decidit no fer-li una autòpsia al cadàver.

La Vera va pensar: «Com és que ho intuïa? Com

és que m'esperava aquest final tràgic en concret? I què devia ser: amor o bogeria?».

Va passar-se el dia passejant pel jardí i el verger. L'angoixa que sentia créixer minut rere minut l'havia convertida en un sac de nervis i tots els seus pensaments anaven a parar a aquell home que mai no havia vist i difícilment tornaria a veure, aquell P.P.J. ridícul.

Ara recordava les paraules de l'Anósov: «Qui sap, potser un amor vertader, pur i sacrificat ha irromput en el teu camí».

A les sis va arribar el correu; aquest cop va reconèixer la lletra d'en Jéltkov i, amb una tendresa inesperada, va obrir la carta. En Jéltkov havia escrit el següent:

No pot culpar-me, Vera Nikolàievna, que Déu em confiés, com si es tractés d'una fortuna immesurable, l'amor que sento per vostè. No hi ha res en aquesta vida que m'interessi: ni la política, ni la ciència, ni la filosofia, ni m'amoïna tampoc la felicitat futura de la gent —tota la meva vida gira entorn de vostè. Sento que m'he convertit en una mena de destorb a la seva vida. Si és que pot, perdoni'm per això. Avui me'n vaig i mai més no tornaré. No hi haurà res que li faci pensar en mi.

Li agraeixo infinitament el simple fet que existeixi. M'he examinat a consciència: no és una malaltia, no és una idea maníaca; és amor, l'amor amb què Déu m'ha recompensat de bon grat.

És possible que per a vostè i per al seu germà, en Nikòlai Nikolàievitx, hagi fet el ridícul. M'acomiado i li dic amb delit: «Santificat sigui el seu nom».

Fa vuit anys vaig veure-la a la llotja d'un espectacle de circ i des del primer instant em vaig dir: l'estimo perquè no hi ha res al món que se li assembli, res millor, cap animal, cap planta, cap estrella, no hi ha cap ésser més bonic i més tendre que ella. És com si tota la bellesa del món s'hagués personificat en vostè.

Pensi-ho bé, què se suposava que havia de fer? Fugir a una altra ciutat? El meu cor era sempre a prop seu, als seus peus; vostè omplia cada instant del dia, cada pensament, cada somni... com un dolç deliri. M'avergonyeixo profundament, i m'enrojolo fins i tot només de pensar-hi, d'haver-li regalat aquell estúpid braçalet... Què vol que li digui, va ser un error. M'imagino la impressió que devia causar als seus convidats.

Me n'aniré d'aquí a deu minuts i només tindré temps de posar el segell i tirar la carta a la bústia de correus. Així ningú no ho haurà de fer per mi. Cremi aquesta carta. Jo acabo d'encendre l'estufa i aviat cremaré també les poques coses que m'eren preuades en aquesta vida: un mocador que vaig robar-li, ho reconec, el dia que va assistir al ball de l'assemblea de nobles i que es va deixar a la cadira. La carta —ai, com vaig besar-la— en què em va prohibir que l'escrigués més; el programa d'una exposició d'art a la qual va assistir i que va tenir a les seves mans —se'l va deixar en una cadira a la sortida. S'ha acabat. M'he desfet de tot, però crec i estic segur que vostè es recordarà de mi. Si pensa en mi... sé que li agrada molt la música, la veia sobretot quan interpretaven els quartets de Beethoven; doncs bé, si pensa en mi, toqui o demani que li toquin la sonata en la major op. 2, núm. 2.

No sé com acabar aquesta carta. Li agraeixo de

tot cor haver sigut l'única alegria que he tingut a la vida, el meu únic consol, el meu únic pensament.

Que Déu la beneeixi i no deixi que res mundà o passatger importuni la seva ànima preciosa. Li beso les mans.

G. S. J.

La princesa va anar a trobar el seu marit; tenia els ulls envermellits d'haver plorat i els llavis inflats. Després d'ensenyar-li la carta, li va dir:

—No vull amagar-te res, però sento que una cosa horrible ha colpit la nostra vida. És probable que tu i en Nikolai Nikolàievitx féssiu alguna cosa malament.

El príncep Xein es va llegir la carta amb atenció, la va plegar amb cura i, després de restar en silenci durant una bona estona, va dir:

—No qüestiono la sinceritat d'aquest home. És més, no tinc cap dret a jutjar els seus sentiments per tu.

—És mort? —va preguntar la Vera.

—Sí, és mort. No m'estaré de dir-t'ho: t'estimava i no tenia res de boig. El vaig observar tota l'estona, cada moviment que feia, cada cop que canviava els gestos de la cara. No concebia la seva existència sense tu. Vaig presenciar tant sofriment, d'aquell que de vegades acaba matant la gent, que gairebé em va semblar estar davant d'un home mort. M'entens? No sabia com comportar-me ni què fer.

—Doncs mira, Vassionka —va interrompre'l la Vera Nikolàievna—, aniré a la ciutat per veure'l. Et sabria greu?

—No, i ara, Vera, ves-hi si us plau. T'ho demano. Jo mateix hi aniria, però en Nikolai ho ha espatllat tot i em sentiria incòmode.

XII

La Vera Nikolàievna va deixar el carruatge a dos carrers de Luteranski. No li va costar gaire trobar l'apartament d'en Jéltkov. Una dona gran d'ulls grisos, grassa i amb ulleres platejades va sortir a trobar-la, i tal com havia fet el dia anterior, va preguntar-li:

—En què puc ajudar-la?

—El senyor Jéltkov—va dir la princesa.

Segurament el conjunt que duia —el barret, els guants— i el to autoritari amb què s'hi havia dirigit van causar a la mestressa una molt bona impressió. Va començar a parlar:

—Passi, passi, si us plau... La primera porta a l'esquerra... sí, allà... Ens ha deixat massa aviat. Bé, en culparem la malversació. M'ho hauria d'haver dit. No és que fem gaire diners llogant apartaments a solters, però, si haguessin sigut sis-cents o set-cents rubles, no m'hauria fet res reunir-los i donar-los-hi. Si sabés la mena d'home que era, senyora... meravellós. Feia vuit anys que li llogava l'apartament i, més que un llogater, el sentia com un fill meu.

Hi havia una cadira al rebedor i la Vera s'hi va asseure.

—Jo era amiga del seu difunt llogater —va dir ella, mesurant cada paraula—. Expliqui'm qualsevol cosa dels darrers minuts de la seva vida; què va fer, què va dir.

—Van venir dos cavallers, senyora, i van estar parlant amb ell una bona estona. Després va explicar-me que li havien ofert un càrrec com a administrador d'una propietat. Llavors va anar corrents a parlar pel telèfon i, quan va tornar, estava tan content! Al cap de poc els dos cavallers van marxar i ell es va quedar escrivint una carta. Quan va acabar, va anar a tirar la carta a la bústia, i després vam sentir com una mena de tret d'una pistola de joguina. Sincerament, no en vam fer cas. A les set de la tarda sempre acostumava a beure te. La Lukèria, la minyona, va trucar a la porta i no va respondre; va trucar un cop més, i un altre... Vam haver de tirar la porta avall però quan vam entrar ja era mort...

—Expliqui'm alguna cosa del braçalet —va ordenar-li la Vera Nikolàievna.

—Ah, sí, sí... el braçalet, me n'havia oblidat! Com és que ho sap? Ell, abans de posar-se a escriure la carta, va venir i em va dir: «És catòlica?», i vaig respondre-li: «Sí, ho soc». I llavors em va dir: «Vostè té el costum entranyable (tal qual ho va dir: "costum entranyable") de penjar anells, collarets i regals del retrat de la Verge Maria. Aquesta és la meva petició: podria penjar aquest braçalet a la icona?» I vaig prometre-li que ho faria.

—Em deixaria veure el difunt? —va preguntar la Vera.

—És clar, és clar, senyora. La primera porta a mà esquerra. Volien endur-se'l avui per fer-li l'autòpsia, però el seu germà ha demanat que se l'enterrés cristianament. Passi, passi, si us plau.

La princesa va agafar forces i va obrir la porta. L'habitació feia olor d'encens i hi cremaven tres espelmes de cera. Endinsant-se en l'estança, tot seguint una diagonal, va trobar en Jéltkov, estirat damunt una taula. El cap, reposat en un coixí petit i suau, estava a la mateixa alçada que el cos i semblava que s'hagués fet a propòsit, com si ambdues coses fossin una de sola. El que més cridava l'atenció eren els ulls tancats i els llavis somrients, amb un aire feliç i serè, com si abans de morir hagués resolt una mena de misteri profund i dolç que hagués donat sentit a la seva vida. La Vera es va recordar que havia vist aquella mateixa expressió de pau a les màscares mortuòries de dos grans màrtirs: Puíxkin i Napoleó.

—Voldria que me n'anés, senyora? —va preguntar la dona gran i en el seu to va percebre's alguna cosa extremament íntima.

—Sí, ja la cridaré després —va dir la Vera.

Va agafar de la butxaca lateral de la jaqueta una gran rosa vermella, va apujar-li el cap lleugerament amb la mà esquerra i amb la dreta va deixar la rosa sota el coll. En aquell precís instant va adonar-se que l'amor amb què tota dona somia li havia passat de llarg. Va recordar-se de les paraules gairebé profètiques del general Anósov, d'aquell amor etern i excepcional. Va col·locar les mans a les temples del mort, i tot enretirant-li els cabells, va besar el seu front fred i humit amb un petó llarg i afectuós.

Quan la Vera va sortir de l'habitació, la mestressa amb qui havia parlat abans va acostar-se-li i, amb un to afalagador i accent polonès, va dir-li:

—Senyora, veig que vostè no és com els altres, que no ha vingut per curiositat només. Abans que morís, el senyor Jéltkov em va dir: «Si arriba a passar que moro i em ve a veure una dama, digui-li que la millor composició de Beethoven és...». Ho va escriure fins i tot, miri, ho tinc aquí...

—Deixi'm-ho veure —va dir la Vera, i tot d'una es va posar a plorar—. Disculpi'm, aquesta mort m'ha afectat tant que no puc contenir-me.

I va llegir les paraules escrites en una lletra familiar: *L. van Beethoven. Sonata núm. 2. Op. 2. Largo appassionato.*

La Vera Nikolàievna va tornar a casa tard al vespre i va estar contenta de no trobar-hi ni el seu marit ni el seu germà.

Qui l'esperava, per contra, era la pianista Gennie Reiter. Commoguda per tot el que havia vist i sentit, va córrer cap a ella i va dir-li, tot besant-li les seves mans precioses:

—Gennie, estimada meva, toca alguna cosa per a mi, si us plau —i va sortir de l'habitació immediatament, va anar al jardí i es va asseure en un banc.

No va dubtar ni un instant que la Gennie tocaria aquell moviment de la segona sonata que li havia demanat que escoltés en Jéltkov, l'home mort amb un cognom ridícul.[7]

I així va ser. Va reconèixer des dels primers acords que es tractava d'una obra única i d'una profunditat excepcional. Va sentir que l'ànima se li trencava i que un gran amor, d'aquells que apareixen un cop cada mil anys, li havia passat de llarg. Va recordar les paraules de l'Anósov i es va preguntar per què en Jéltkov li havia fet escoltar aquesta peça en particular, i més, si era en contra de la seva voluntat. Les paraules li ballaven pel cap i acompanyaven la música de forma que semblaven transformar-se en una estrofa cantada, acabada amb el vers: *Santificat sigui el teu nom.*

---

7. *Jelt* significa *rovell d'ou* en rus. *(N. de la t.)*

«Ara t'ensenyaré amb sons tendres una vida que es va condemnar amb obediència i felicitat al turment, l'angoixa i la mort. Ni una sola queixa, ni un sol retret, ni un bri d'orgull ferit. Davant teu, una sola pregària: Santificat sigui el teu nom.»

«Pressento patiment, sang i mort. I penso que no és fàcil per al cos acomiadar-se de l'ànima. Però, Bonica meva, et lloo, és per a tu aquesta lloança ardent i aquest amor silenciós. Santificat sigui el teu nom.»

«Recordo cada una de les teves passes, el teu somriure, la teva mirada, el soroll que fas quan camines. Una tristor dolça, plàcida i delicada tenyeix els meus últims records. No et causaré dolor, me n'aniré sol, en silenci, tal com ho han volgut Déu i el destí. Santificat sigui el teu nom.»

«En els últims instants de vida, abans no arribi la mort, et reso només a tu. La vida hauria pogut ser bonica per a mi també. No murmuris, cor miserable, no murmuris. Amb l'ànima convido la mort, però el meu cor només pot fer que lloar-te: Santificat sigui el teu nom.»

«Ni tu ni les persones que t'envolten sou conscients de com de bonica ets. Sento el tic-tac del rellotge, ha arribat l'hora. En aquest temps en què la mort s'atansa i la vida s'acomiada, et canto malgrat tot: Glorificada siguis.»

«Ja ve, la mort que tot ho calma, i et dic: Glorificada siguis!»

La princesa Vera va abraçar ben fort el tronc de l'acàcia i es va posar a plorar. Va sentir com l'arbre tremolava suaument. Un vent lleuger movia les fulles i les feia cruixir, com responent a l'abraçada. L'olor de les flors de tabac es feia cada cop més intensa i, mentrestant, aquella melodia meravellosa que semblava obeir el seu dolor, continuava:

«Estigues tranquil·la, estimada meva, estigues tranquil·la. Te'n recordes, de mi? Ho fas? Tu has sigut el meu darrer i únic amor. Estigues tranquil·la, soc a prop teu. Pensa en mi i seré amb tu. Ens hem estimat tan sols un instant, però perdurarà per sempre més. Te'n recordes, de mi? Ho fas? Puc sentir les teves llàgrimes. Estigues tranquil·la. Dormir m'és tan plaent, tan plaent...»

Quan la Gennie Reiter va acabar de tocar la peça, va sortir de l'habitació i va veure la princesa Vera asseguda en un banc, plena de llàgrimes.

—Què et passa? —va preguntar la pianista.

Amb els ulls brillants de plorar, la Vera, agitada i nerviosa, la va començar a besar a la cara, als llavis, als ulls, i va respondre:

—Res, res, crec que ja m'ha perdonat. Tot va bé.

La primera edició de *El braçalet de granats*, d'Aleksandr Kuprín,
es va acabar d'imprimir un dia primaveral del març del 2020,
any del 250è aniversari del naixement de Ludwig van Beethoven.